오늘 더
행복해

가 족 … !

# 오늘 the 더 행복해

션 & 정혜영

홍성사

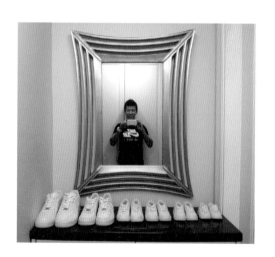

# contents

우리 아빠는 션입니다
우리 엄마는 정혜영입니다
우훗~ 저희는 하음 하랑 하율 하엘입니다
부부, 10년 차
우리 가족은 여섯 명입니다

우리 아빠는
션
입니다

My dad is the greatest
and his name is Sean

아직도
무대에서 노래 부르는 게 즐거운 저는 힙합 가수 션입
니다. 그런데 요새 제 주변 분들은 제가 운동선수라고
생각합니다.
어떤 청소년은 그러더군요.
"사회복지사 아니세요?"

저는 한 여자의 남편입니다.

영화의 한 장면처럼 혜영이를 보고 첫눈에 반해 사랑에

빠지고 결혼했습니다.

저는 아이들의 아빠입니다.

혜영이와 제게 너무나 귀한 선물인 우리 하음 하랑 하율

하엘 그리고 가슴으로 품은 전 세계 800명의 아이들.

저는 804명의 아빠입니다.

저는 사회복지사도 운동선수도 아닙니다. ^^

음… 저는 소셜테이너입니다.

가끔 이런 질문을 받곤 합니다.

"어떻게 그 많은 일을 다 감당하세요?"

그럴 때마다 저는 이렇게 대답하죠.

"우선순위가 확실하기 때문에 할 수 있어요."

제게는 가족이 제일 먼저입니다. 가족은 뒤로하고 이웃 돕기에만 바빴다면 아마 벌써 고갈되고 지쳐서 넘어졌을지도 모릅니다.

저의 나눔은 우리 가정의 행복에서 시작됩니다. 우리 가정에서 차고 넘치는 행복으로 나누기에 저에게 나눔은 행복의 연장선입니다.

우리 가족의 행복이 우선이고, 그 행복의 힘으로 다른 사람도 행복하도록 돕는 것. 그게 제가 하는 일입니다.

세상에는 도움이 필요한 곳이 너무 많습니다. 저에게 대놓고 돈을 꿔달라는 사람도 있고 사업 때문에 생긴 빚이나 자신의 불행을 해결해 달라고 부탁하는 사람도 있습니다. 하면 할수록 더 많은 할 일이 보이고 도와 달라는 요청도 많아집니다.

밥을 굶는 어르신들, 태어나면서 부모에게 버림받은 아이들, 원인 모를 난치병 때문에 희망의 끈을 놓아 버린 사람들, 재활 치료를 절실히 필요로 하는 30만 명의 우리나라 장애 어린이들, 전 세계 1억 5천만 명의 굶주리는 아이들…

다 도울 수는 없지만 '한 명이라도 내가 도와야지'라는 마음으로 시작했습니다. 밥퍼, 컴패션, 홀트, 루게릭전문요양병원, 어린이재활병원…

행복한 결혼식을 올린 다음 날, 그 감사함을 작게라도 나누며 살자는 결단 그리고 행함. 하루 만 원이 시작이었습니다.

마른 떡 한 조각만 있고도 화목하는 것이 제육이 집에 가득하고 다투는 것보다 나으니라.
_잠언 17:1

Better a dry crust with peace and
quiet than a house full of feasting,
with strife.
_Proverb 17:1

2008년 5월

필리핀에 가기로 했습니다. 컴패션을 통해 여섯 명의 아이를 후원하고 있었는데 그중 한 명이 필리핀에 살았습니다. 이름은 클라리제였습니다.

그 당시 아이 한 명을 후원하는 방법은 매달 3만 5천 원을 보내 주고 편지도 주고받고 그 아이를 위해서 기도해 주는 것이었습니다. 2010년부터는 매달 4만 5천 원씩 보내고 있습니다.

우리 부부가 후원하는 클라리제를 만나러 필리핀에 가기로 약속했던 것입니다. 그곳에 가기 2개월 전인 3월에 클라리제로부터 편지가 왔습니다.

곧 만나러 갈 아이에게서 온 편지라 더욱 기쁜 마음으로 편지를 뜯었습니다.

아이에게서 온 편지에는 크레용으로 그린 자그마한 그림 몇 개와 짧은 문장이 쓰여 있었습니다.

"I LOVE YOU MOMMY!"

그 어디에도 제 이름은 없었습니다.

저는 약간 실망한 마음으로 혜영이에게 편지를 건네주었습니다.

"혜영아, 너한테 편지가 왔네!"

혜영이가 편지를 받아 읽더니 크게 감동했습니다. 우리는 클라리제에게 한 달에 고작 3만 5천 원을 보내 주었을 뿐인데, 그렇게 큰 돈도 아니라고 생각하며 돕고 있었는데…

그런데 "엄마 사랑해요!"라고 표현한 겁니다.

2008년 3월은 하음이가 태어난 지 26개월 그리고 하랑이가 태어난 지 5개월쯤 됐을 때입니다. 엄마가 그런 어린아이 둘을 놔두고 해외 봉사를 간다는 것은 상식적으로 불가능한 일입니다.

아이들에게 엄마 손길이 절실할 때이니까요.

그런데 혜영이가 클라리제의 편지를 읽고 저에게 이렇게 이야기했습니다.

"하나님께서 우리 가정에 선물로 주신 하음이 하랑이도 정말 귀한 아이들이지만 컴패션을 통해 우리가 품은 여섯 명의 아이들, 나를 'MOMMY'라고 부르는 클라리제 또한 너무나 귀한 우리 아이야. 필리핀에 내가 갔다 올게."

그러고는 도우미 아줌마나 아이를 돌봐 줄 사람도 없는 상황에서 두 아이를 저에게 맡기고 클라리제를 만나러 필리핀으로 떠났습니다.

저는 하음이, 하랑이와 한국에 남았습니다. 어린 두 아이와 아빠의 일주일은⋯ 그냥 상상에 맡기겠습니다.

혜영이는 필리핀에 도착한 첫째 날 컴패션이 운영하는 어린이 센터를 찾아갔습니다. 우리 클라리제와 다른 후원자들이 후원하는 수십 명의 필리핀 아이들이 있었다고 합니다. 그 아이들이 참 밝고 행복해 보였다고 합니다.

다음 날은 클라리제의 집을 찾아갔습니다.

너무나 열악한 상황이었습니다. 물 위에 세워진 한 평 남짓한 수상 가옥에 여섯 식구가 살고 있었습니다. 집에 들어가고 나올 때 매번 로프를 붙잡고 왔다 갔다 해야 하고⋯

그런 막막한 환경에서 우리가 후원하는 3만 5천 원은 클라리제에게 하늘에서 내려온 동아줄 같았던 모양입니다. 단지 어린이 센터에 가서 밥을 먹고 공부하고 의료 혜택을 받는 것이 아니라, 우리 후원금을 통해 클라리제는 꿈과 희망을 품게 된 것입니다.

그리고 예수님을 알아 가고 있었습니다.

한 달 3만 5천 원이란 작은 돈으로 한 아이의 인생을 조
금씩 바꿔 갈 수 있다는 사실이 혜영이에게 엄청난 감
동으로 다가왔다고 합니다.

클라리제와 추억을 쌓으며 며칠 동안의 일정을 마친 혜
영이는 다시 한국으로 돌아왔습니다.

2008년

우리 부부에게는 작은 꿈이 있었습니다. 결혼 4년 차에 아이가 둘이었고 앞으로 둘을 더 낳을 생각이었기에 예쁜 집을 마련하고 싶었습니다.

집을 사기 위해 모아 둔 돈에 모자란 3, 4억 정도를 은행에서 빌려 사려고 했습니다. '그럼 10년간 매달 350만 원씩 갚아야겠구나' 하고 생각하던 시기였습니다.

필리핀에 갔다 온 지 일주일이 채 되지 않아 혜영이가 저에게 이렇게 말했습니다.

"클라리제를 만나면서 가졌던 마음이 혹시나 식기 전에 하고 싶은 말이 있어. 내 집 마련의 꿈을 잠시 접고 뒤로 미뤄 두려고 해. 내 꿈을 나중으로 미루는 게 아쉽지만, 가난 때문에 꿈꾸지 못하는 아이들이 꿈꿀 수 있도록 돕는 일로 나의 꿈을 대신해 볼래. 한 아이를 후원하는 데 한 달에 3만 5천 원이니까…

우리 컴패션을 통해 100명의 아이들을 품고 아들 딸 삼아 그 아이들이 꿈을 꿀 수 있도록 후원해 보자.

내 집 마련 꿈을 대신해서…"

저는 아이를 많이 좋아합니다. 저와 같이 사는 아내 혜영이는 제가 아이들을 좋아하는 걸  잘 알고 있습니다.

그런 혜영이가 아무리 생각하고 따져 봐도 100명의 아이를 낳을 순 없다는 생각을 한 것 같습니다.

그리하여 저에게 컴패션을 통해 100명의 아이들을 선물해 주었습니다.

저는 102명의 아빠가 되었습니다.

컴패션과의 인연은
이렇게 시작되었습니다. 2005년에 결혼하고 우리 하음
이가 아직 태어나기 전에, 평소 저와 혜영이가 참 좋아
하는 문애란 대표님이 저에게 아이들을 돕는 좋은 단체
가 있는데 홍보가 너무 안 되어 있다며 같이 돕지 않겠
냐고 하셨습니다.

컴패션 대표님과 처음 만난 자리에서 이것저것 따져 물
어보았습니다. 마음에 확신이 든 후에야 열심히 돕겠다
고 했습니다. 후원금을 후원받는 아이에게 가장 효과적
으로 쓰고자 하는 컴패션이기에 홍보비가 매우 적었고,
부모의 마음으로 한 아이를 품어 가정, 지역, 사회, 더
나아가서는 한 나라를 변화시킬 수 있다는 큰 꿈을 이
야기하기 위해서는 설득하는 시간이 필요할 것 같았습

니다. 그래서 나온 아이디어가 작은 파티를 열어 초청
한 지인들에게 자연스럽게 컴패션을 소개하자는 것이
었습니다.

2005년 12월 두 번째 FOC FRIENDS OF COMPASSION 파
티 사회를 제가 봤습니다.

해본 적 없는 일이기에 조금 떨렸지만 만삭의 몸으로 혜
영이가 함께해 주었기에 용기가 났습니다. 우리에게 선
물로 찾아온 혜영이 뱃속에 있는 첫째 아이가 귀한 만
큼 다른 아이들도 귀하다는 마음으로 컴패션을 소개했
습니다.

그리고 우리 세 식구 수만큼 세 명의 아이를 후원하기
로 했습니다. 컴패션을 통해 아이들을 품기 시작한 순
간이었습니다.

다음 해 6월에 사진작가 허호 님과 컴패션이 함께하는 첫 사진전이 열렸습니다. 많은 분에게 컴패션이 소개 되고 여러 아이들이 후원자를 만나는 기적 같은 시간 이었습니다.

기억나는 일 가운데 하나는 동인도 비전 트립을 다녀 온 차인표 선배님이 변화되어 컴패션을 홍보하겠다며 6인조 컴패션 밴드를 구성해서 그날 첫 공연을 한 것 입니다.

그 사진전에 '러브트리'가 있었습니다. 후원을 기다리 는 아이들 사진이 들어 있는 작은 플라스틱 공이 달려 있는 나무…

그날 세 개의 공을 땄습니다.

네 명의 아이를 낳을 꿈을 꾸고 있었기에 언젠가 태어 날 세 아이의 이름으로 세 명의 아이를 더 품었습니다. 그렇게 후원하는 아이가 세 명에서 여섯 명으로 늘었 던 겁니다.

2010년 1월 12일

아이티에 큰 지진이 일어났습니다. 우리가 후원하는 100명의 아이들 중에 여섯 명이 아이티에 살고 있었는데, 그중 신티치라는 아이의 생사가 확인되지 않는다는 연락이 왔습니다.

너무도 마음이 아파 통장에 있던 1억을 아이티를 돕는 데 써달라고 컴패션에 전달하고 걱정에 걱정을 하며 신티치를 위해 기도하며 있었는데 두 달 후인 3월 말에 아이를 찾았다는 연락이 왔습니다.

지진 때문에 아직 아이티 공항이 폐쇄돼 있던 터라 며칠을 기다려야 했습니다. 이윽고 공항이 열렸다는 소식을 접한 4월 초, 신티치를 만나러 비행기를 타고 20시간을 날아 아이티에 갔습니다. 죽은 줄 알았던 우리 아이를 만난다며 흥분한 저와는 달리 저를 처음 본 신티치는 그렇게 반갑게 맞이해 주지도 않고 많이 낯설어 했습니다.

많이 걱정하고 기도했다고, 살아 있어 감사하다고 아이에게 이야기하며 같이 시간을 보냈습니다.

그리고 아이티에서 다른 일정을 보내며 이틀이 지났는데 신티치가 자꾸 눈에 밟혔습니다. 정말 신기했습니다. 내가 후원하는 아이지만, 딱 한 번 짧은 시간 보았는데…

한국으로 돌아오는 날 발이 떨어지지 않아 공항으로 가기 전에 현지 컴패션 스태프에게 부탁해서 신티치를 다시 만나러 갔습니다.

그제야 신티치가 환한 웃음으로 저를 맞아 주었습니다.

더 이상 후원자가 아닌 아빠로…


아이티 지진이 일어나고 1년이 지난 2011년 1월 12일 인터넷에 아이티에 대한 기사가 많이 떴습니다.

이런 기사 제목이 많았습니다.

'아이티는 아직 재앙이 진행 중'

1년의 세월이 흘렀음에도 진행 중이란 표현을 하고 있었습니다.

사진 속 아이티는 1년 전 모습 그대로였습니다. 지진으로 모든 게 무너져 버린…

이런 기사도 봤습니다.

'1년 사이에 3천 명 이상의 아이티 사람들이 콜레라 때문에 죽었다.'
마음이 아팠습니다.

신티치를 만나러 아이티에 갔을 때 말리라는 여자아이를 만났습니다.

어린이 센터에서 구호 물품을 전달한 뒤 아이 손을 잡고 200미터 정도 걸어가 지진으로 폭삭 주저앉아 집터만 남은 아이가 살던 곳을 잠시 보고, 옮겨 간 텐트촌까지 다시 100미터 정도 같이 걸어가 새로운 보금자리인 간이 텐트 안을 보러 들어갔습니다.

나중에 말리는 컴패션 스태프에게 "저 백인이 나를 많이 사랑해 주는 것 같아요"라고 했다고 합니다. 단지 손잡고 함께 걸어가 줬을 뿐인데… 아이가 말한 백인은 바로 저였습니다. 말리가 보기에는 제가 백인 같았던 모양입니다.

1년이 지난 후에도 여전히 재앙이 진행 중인 아이티… 죽은 줄 알았던 우리 딸 신티치를 포함해 우리가 후원하던 여섯 명의 아이티 아이들이 살고 있는 그곳, 아이티에 작은 사랑을 전하고자 100명의 아이티 아이들 손을 잡아 주기로 결정했습니다.

바로 컴패션에 전화했습니다.

그렇게 컴패션 아이들 200명을 품게 되었습니다.

　　　　　　　　채석장에서 일하는
우간다의 한 아이의 꿈은 고작 학교에 다니는 것이라고
합니다. 그 아이의 엄마는 1년 동안 컴패션을 통해 자
기 아이에게 후원자가 나타나길 기도했다고 합니다. 한
국 후원자에게 후원을 받은 한 여자아이가 우간다 국회
의원이 됐다고 합니다. 가난 때문에 절망 속에 살아가
는 아이들에게 희망을 선물하고 싶습니다. 그래서 저는
100명의 우간다 아이를 후원하는 것도 꿈꿔 봅니다.

필리핀에 갔을 때 무덤 마을에 사는 아이들을 만난 적이 있습니다. 그런 절박한 환경에서 살아가는 아이들 중에도 컴패션을 통해 후원을 받는 아이들은 눈에 생기가 있었습니다.

꿈이 있고 희망이 있었습니다.

직접 보면 분명 다릅니다. 확인할 때마다 신기합니다.

2013년, 후원하는 아이들을 만나러 아이티를 두 번째 방문했을 때 일입니다.

흙벽과 천막으로 가려진 두세 평 남짓한 집들이 다닥다닥 붙어 있는 마을에 사는 아이를 찾아갔습니다.

그 작은 공간에 일곱 식구가 살고 있었습니다.

바닥에 놓인 매트리스 하나, 칫솔도 하나. 어디서 떠온 물인지 깨끗하지도 않은 물을 아무렇지도 않게 쓰고 있었습니다.

부부와 열여섯 살 첫째, 열 살쯤 되어 보이는 아이, 그보다 어린 아이 둘, 그리고 돌도 지나지 않은 아기가 함께 살고 있었습니다.

아침도 못 먹고 칫솔 하나를 다 같이 쓰고…

하루 동안 후원하는 아이의 아빠가 되어 주었습니다.

아침에 밥 먹이고 이 닦아 주고 학교에 데려다 주고…

한국에서 온 아빠였습니다. 신기한 건 그래도 아이들이 밝고 행복해 보인다는 것입니다.

집이 있고 부모가 있고 그리고 후원자가 있어서….

가난은 돈이 없는 것이 아니다.
가난은 꿈과 희망이 없는 것이다.

— 서정인(컴패션 대표)

우리에게
가깝고도 먼 이웃이 또 있습니다. 바로 북한….

'우리의 소원은 통일'
어렸을 때 참 많이 부르던 노래입니다.
어른이 된 지금은 통일에 대해 별 생각 없이 살아갈 때
가 많은 것 같습니다. 하지만 언젠가 우리의 소원이라
했던 통일의 날이 오겠죠? 우리가 앞으로 살아갈 통일.
아니, 아마도 우리 아이들이 살아가게 될 통일이란 생
각이 듭니다.
아빠로서 우리 아이들이 행복하기를 바라는데 통일 이
후를 생각하면 우리 아이들 미래의 행복에 커다란 물
음표가 떠오릅니다. 같은 민족임에도 너무 다르기 때
문에.
북한 아이들에게 우리 아이들이 좋아하는 빵 한 조각씩
이라도 줘야겠다는 아빠의 마음으로 북한의 한 고아원
에 있는 아이들 500명을 품었습니다.
그렇게 우리 아이들이 살아갈 통일의 날을 준비해 봅
니다.

　　　　　　　　　　　　　　　곽수광 목사님이
어느 날 전화를 하셔서는 외국 아이들 돕는 것도 정말
귀하지만 입양을 기다리는 한국 아이들을 돕지 않겠냐
고 하셨습니다. 홀트 홍보대사를 해주면 좋겠다고. 홍
보대사라는 직함에서 오는 무게도 무게지만, 이름만 올
려놓는 홍보대사는 하고 싶지 않았고 다른 일로도 바쁘
던 때라 정중히 거절을 했습니다.
그날 저녁, 성경공부를 하러 갔는데 말씀 안에서 깨달
음이 있었습니다.
나에게 주어진 일들이 얼마나 복된 일들인지, 크리스천
이라면 그 일들을 열심히 잘 감당해야 한다는…

다음 날 전화해서 하겠다고 했습니다. 금세 말 바꾸는 창피함을 무릅쓰고…

혜영이가 둘째 하랑이를 임신했을 때인데, 가장 기본적인 권리인 가정이 없이 인생을 시작한 아이들에게 가정을 찾아 주는 일을 돕고 싶었습니다.

입양을 기다리는 아이들은 돌 전까지 새 부모를 만나야 합니다. 그렇지 않으면 고아원이나 다른 살 곳을 찾아야 합니다.

봉사 갔을 때 안아서 재우던 아이, 나만 보면 미소 짓던 아이, 유난히도 까탈스러웠던 아이… 처음 봉사 가서 안아 주고 우유 먹였던 아이는 원래 잘 안 먹는 아주 작은 아이였는데 입양 가는 날 제 품 안에서 마지막 한 방울까지 우유를 다 먹는 모습을 보니 약간 멍해지며 보내기 싫은 마음도 조금 들었습니다.

새 부모를 만나는 것이 아이에게는 더 없이 좋은 일임에도… 떠나 보내는 일은 항상 쉽지 않은 것 같습니다.

2009년에 생각지도 않던 일이 일어났습니다.
CF를 찍게 되었습니다. 부부 동반 CF를.
CF는 연예계 생활의 꽃이라고 합니다.
한창 지누션으로 인기가 있을 때도 잘 성사되지 않던 CF를 특별히 가수 활동도 하지 않던 때에 찍게 되었습니다. 아내 혜영이 덕분입니다.

너무 감사해서 CF 출연료로 우리나라 아이들 100명의
꿈을 홀트아동복지회를 통해 지원하기로 했습니다.
올해로 6년째 그 아이들을 후원하고 있습니다. 그 아
이들이 고등학교 졸업할 때까지 아빠가 되어 주겠다는
마음으로.

ⓒ 조세현, 홀트아동복지회-입양을 기다리는 아이들

ⓒ 조세현, 대한사회복지회-천사들의 편지(인연)

혜영이와 함께
홀트아동복지회 부부 홍보대사를 하고 있습니다. 같이
아이들을 보러 가고 봉사도 함께 다니고…
밥퍼 봉사도 혜영이와 함께합니다. 매년 결혼기념일마
다 가는데, 최일도 목사님은 저희 부부더러 밥퍼 협력
대사라고 하십니다.

저희를 보고 결혼기념일에 봉사하러 오는 부부가 많이
늘었다고…

《눈으로 희망을 쓰다》

2009년 어느 날 교회 사모님이 책을 하나 주셨습니다. 하음이와 하랑이, 아이가 둘이고 강연을 다니기 시작한 때라 하루 일과가 눈코 뜰 새 없이 바쁘던 때였습니다. 많은 분이 선물해 주신 책도 미처 못 읽고 있을 때였지만, 제가 존경하는 사모님이 주신 거라 이 책은 꼭 읽어야겠다 싶었습니다.

알고 보니 그 책은 어떤 집사님이 전해 주신 것이었습니다. 그날 저녁 집에서 그리고 다음 날 강연하러 가면서 이틀 만에 다 읽었습니다.

책의 주인공은 박승일 선수였습니다.

루게릭병을 앓고 있는 전직 농구 선수인데 병 때문에 사지를 움직이지 못하면서도 눈을 깜빡거리며 안구 마우스eye mouse로 쓴 글이었습니다.

루게릭병을 앓고 있는 자신이 루게릭병을 앓고 있는 다른 환우들을 위해 루게릭전문요양병원을 짓겠다는 희망의 메시지였습니다.

마침 좋은 일에 쓰고자 1년 동안 모은 1억이 있었는데 마지막 페이지를 넘기며 '이곳이다'라는 생각이 들었습니다.

책에서 박승일 선수는 루게릭전문요양병원을 짓는 데 10억, 관리하는 데 매달 1,500만 원 정도의 예산이 들거라고 했습니다.

박승일 선수가 조금이라도 움직일 수 있을 때 돌아다니며 모금한 것과 인터넷 카페 '박승일과 함께하는 ALS'를 통해 모금된 돈에 제가 1억을 보태면 4억 5천만 원 정도도 더 필요할 듯했습니다.

'150개 교회가 300만 원씩 함께해 주고, 한 달에 10만 원씩 150개 교회가 협력하면 병원을 짓고 관리할 수 있겠다'고 생각했습니다.

150개 교회가 협력해서 이 선한 일을 한다면 세상에 좋은 울림이 되겠다는 생각도 들었습니다.

이 일은 기업이나 국가가 나서기 힘들겠다 싶었습니다. 루게릭병은 아직 병의 원인도 밝혀지지 않았고 치료 방법도 없는 병이기에 한두 해 도와서 될 일이 아니라, 환자의 생명이 다하는 날까지 도울 수 있는 곳은 교회밖에 없겠다는 생각이 들었습니다.

여기까지 혼자 계획을 세우고 바로 다음 날 연락해서 박
승일 선수를 찾아갔습니다. 가서 제가 돕겠다고 했습니
다. 병원이 건립될 때까지 함께해 보자고…
그런데 막상 시작해 보니 10억은 박승일 선수만의 계산
이었고, 실제로는 훨씬 많은 예산이 필요했습니다.
쉽게 생각했던 것과는 달리 일이 뜻대로 잘 진행되지 않
았습니다. 재단이 필요하다는 걸 절실히 느꼈습니다.

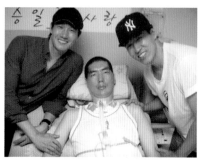 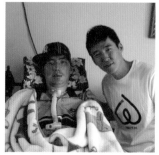

우여곡절 끝에 '승일희망재단'이 세워졌습니다. 그냥 뒤
에서 열심히 돕는 일만 하고 싶었는데, 박승일 선수가
말을 할 수 없고 대외적 활동이 불편하니 입이 되어 주
고 손발이 되어 주자는 마음으로 공동대표직을 맡았습니
다.
병원이 세워지는 그날까지 돕기로 했습니다.
대표라고 월급을 받는 건 아닙니다.
이 일은 나눔의 연장선이며 제게 행복이고 소명입니다.
여전히 좌충우돌하지만 하나님께 맡기고 꾸준히 모금

신 오빠와 친하다고 하면 다들 묻습니다.
"방송에서처럼 정말 그렇게 착해?" "정혜영 씨
랑 진짜 안 싸워?" "애들한테도 늘 그렇게 친
절해?"
오빠가 결혼하기 전부터 알게 되어 오빠와 혜
영 언니의 집에 초대받아 가본 것도 여러 차
례, 제가 유학 중인 LA에서도 또 한국에서도
신 오빠의 대가족과 함께 시간을 보낸 적이 많
습니다.
11년을 알아 왔지만 어쩜 사람이 한결같이 이
럴까 싶은 신 오빠. 내 아이의 엄마가 되어도
오빠 앞에서 늘 철들 말랑한 혜영 언니. 이제 이
가족은 서로 닮아 신 오빠가 여덟 명이 있는 것
같기도 합니다.
한번은 오빠 집 근처 식당에서 만난 적이 있습
니다. 처음엔 하음, 하랑이와 함께했는데 어린
이집 끝난 시간이라며 오빠가 한 번씩 나가서
하음, 하랑이를 차례로 데려와 아홉 딧 아이 넷
과 함께 밥을 먹게 되었습니다. 레스토랑에서
아이 넷과 식사하며 대화가 가능할까 싶었는데
이 집은 가능합니다.

사랑받고 사랑하며 자란 아이들은 서로를 배려
하는 게 몸에 배어 있습니다. '어서 더 먹어라,
그거 만지지 마라' 잔소리할 필요도 없습니다.
유난스럽게 아이들을 훈육하지도, 소란스럽게
아이들을 챙기지 않아도 서로 닮은 여섯 식구
의 어울림이 너무도 편안해서 아이 넷이 있다
는 것조차 깜빡할 정도였습니다. 나보다 내 옆
에 있는 사람을 더 생각하는 아빠를 보고 자란
아이들이라서 그런 것 같습니다.
한번은 제가 진심 반 인사치레 반으로 "오빠가
언니랑 결혼하고 더 멋져진 것 같아요"라고
했더니, 헤엄 언니가 "어? 우리 오빠 원래 잘
생겼었는데" 했던 것이 기억납니다.
웃으며 말했지만 진심이었던 언니 마음도 함
께요. "내 덕에 당신이 이만큼 살지"가 아니
라 "원래 멋졌던 당신 덕분에 내가 이렇게 행
복하지~"
이런 마음으로 사는 부부.
그런 엄마 아빠의 마음을 배우고 닮는 아이들.
멀리서 봐도 가까이서 봐도 곁눈질로 봐도 똑
바로 봐도 이 가족은 남에게 보여 준 행복이 아
닌, 그 안에서 자고 넘쳐흘러서 다른 사람의 눈
에 띌 수밖에 없는 진짜 행복이 있는 그런 가
족입니다.
1년에 철인3종경기를 포함해 스무 경기를 완주
하는 쉰 오빠. 그건 자신의 건강을 위해서도,
체력을 시험해 보기 위해서도, 자기만족을 위
해서도 아닙니다. 이 땅에서 장애를 안고 사는

하고 있습니다.

작은 기적들을 체험하면서, 만남의 축복도 누리면서 마
치 루게릭병처럼 그렇게 천천히 진행되고 있습니다.

제가 만나 본 여러 이웃 가운데 개인적으로 가장 안쓰러
운 이웃입니다. 치유된다는 희망도 없이 서서히 몸이 죽
어 갑니다. 보통 영혼과 육체의 노화가 엇비슷하게 오는
데 루게릭병은 몸만 멈춘 겁니다.

'육체라는 작은 공간 안에 갇힌 영혼'이라는 표현을 합
니다. 반 평도 안 되는 몸속에 눈만 뜬 채 스물네 시간,
일 년 열두 달을 사방이 막힌 상자에 갇힌 듯 누워 있는
겁니다. 보고 듣고 생각하는 것은 멀쩡한데 말입니다.

그런 상황에서 박승일 선수는 희망을 써가고 있습니다.
그것도 자신을 위함이 아닌 자기 이웃을 위한…

많은 분들이 그 희망을 같이 써주시면 좋겠습니다.

특히, 희망이 되어야 할 교회들이 앞장서서 함께해 주
셨으면 좋겠습니다. 함께함만으로도 환자들에겐 희망
이 전달되기 시작할 것입니다.

아이들의 마음 편히 치료받을 재활병원을 지어 저 아이들의 장애 때문에 몸을 덥는 일이 없도록 하려는 마음, 그 사랑 때문입니다. 오빠에게 두르메재단을 소개했던 저로서는 오빠가 대화에 참가하고 뛰는 모습을 보면 참 고마우면서도 미안한 생각이 들습니다.

참 이상한 사람입니다.

누가 요구하지도 않았고 또 이렇게까지 안 해도 누가 뭐라고 할 사람도 없습니다. 솔직히 사진 한 장 찍고 나면 다시 얼굴 보기 힘든 홍보대사들도 많은데 씬 오빠는 자기 돈을 기부하며 뛰고 또 뛰면서 다음엔 무슨 일을 하면 도움이 될까 궁리합니다. 이런 사람이라서 두르메재단 홍보대사를 함께하자고 제안했을 때 그렇게도 오래 고민했나 봅니다.

고민하고 결정한 일엔 이렇게 마음과 뜻과 정성을 다해 행동하고 사랑하는 사람. 이런 진짜 예수님의 사람을 가까이서 볼 수 있다는 건 정말 축복입니다. 11년 전, LA 어느 교회에서 제게 악수를 청하며 다 커왔던 노란 머리의 씬 오빠는 그때 제게 이야기했던 하나님을 향한 사랑을 이제 이웃을 향해, 이 자라는 세대를 향해 따스하게 보여 주고 있습니다.

— 이지선 《지선아 사랑해》 저자

저는 은총이의 삼촌입니다.

은총이는 저를 션 삼촌이라고 부릅니다.

처음 은총이를 소개해 준 사람은 《지선아 사랑해》 작가 지선이입니다.

은총이는 현대의학으로도 치료가 어려운 희귀병 세 가지를 포함해 총 여섯 가지 난치병을 가지고 태어났습니다. 의사 선생님들은 은총이가 1년도 못 살 거라고 했습니다.

은총이는 올해로 열두 살입니다.

절대로 걷지 못한다고 했습니다.

다섯 살부터 걷기 시작했습니다.

말도 못하는 은총이였습니다.

말을 시작했습니다.

"아빠!" "엄마!" 합니다.

은총이가 특히 좋아하는 단어 중 하나는 '준비 땅~'입니
다. 은총이가 그 말을 하면 아빠는 뛰어야 합니다.
함정이 있습니다. 아이는 반복을 좋아합니다. 아빠는
계속 뛰어야 합니다.
혹시 은총이를 만나서 인사하려면 뛸 준비를 하고 가시
는 게 좋습니다.

포기하지 않았더니 기적이 일어나고 있습니다.
평소 운동도 하지 않던 배 나온 아빠는 아이에게 더 넓
은 세상을 보여 주려고 국토 장정 길에 나서고 아들을

데리고 철인3종경기에 도전하고 마라톤을 완주해 냈습니다.

그런 은총이 아빠에게 잘하고 있다고 힘을 실어 주고 싶었습니다.

2011년에 뉴발란스와 컴패션이 함께하는 10킬로미터 마라톤 대회가 열렸습니다. 은총이 아빠는 은총이를 휠체어에 태우고 저는 하음이와 하랑이를 쌍둥이 유모차에 태우고 비슷한 조건으로 뛰었습니다.

물론 제가 이겼습니다.

'만원빵' 내기였는데 은총이 아빠가 나중에 저를 이기면 퉁치겠다고 하고 아직도 주지 않은 상태이긴 합니다. 이제는 매년 우리끼리의 가족 행사가 되었습니다.

요즘 은총이 아빠에게는 새로운 목표가 하나 생겼습니다. 10킬로미터 마라톤 대회에서 저를 이겨 보겠다는…

처음 하음이와 하랑이를 쌍둥이 유모차에 태우고 달리고 저는 새로운 사실을 하나 알아냈습니다. 아이들이 유모차에서 버틸 수 있는 시간은 50분 정도라는.

첫 대회 때 1시간 4분에 완주했는데, 50분이 지나자 유모차를 밀면서 뛰고 있는 저에게 하음이와 하랑이가 급격히 말을 많이 시키기 시작했습니다.

"아빠, 언제 끝나요?"

"아빠, 내리고 싶어요."

"아빠, 여기 어디예요?"

"아빠…" "아빠…" "아빠…"

쉬지 않고 50분을 뛰느라 아빠는 지쳐 있는데 그러거
나 말거나 아이들은 지겨움을 참지 못하고 수없이 말을
시켜 댔습니다.

그다음 해 2012년에는 53분에 완주해 내서 슬슬 지겨
워진 아이들이 막 말을 시키기 시작할 무렵 잘 마칠 수
있었습니다.

그리고 2013년에는 하랑이와 하율이를 쌍둥이 유모차
에 태우고 10킬로미터를 43분에 완주해 냈습니다.

아이들이 아빠와 달리는 시간을 즐거워하며 지겨워하
기 전에 골인점을 통과했습니다. 2만 명 정도 뛰었는데
200등 정도 한 것 같습니다.

완주 메달을 받을 때면 아이들이 더 신나 합니다. 마라
톤 완주해서 금메달 받았다고.

뛰는 건 아빠가 했는데…

하루는 TV를 보는데 '세바퀴'에서 누가 차인표 선배님과 전화 연결을 해서 안부를 묻고 있었습니다.

"차인표 씨, 요새 뭐하세요?"

"철인3종경기 준비하고 있어요."

귀가 번쩍했습니다.

남자로서 살면서 언젠가 한번은 마라톤 풀코스 완주와 철인3종경기에 도전해 봐야지 생각하고 있었기 때문입니다.

바로 다음 날 전화했습니다.

인표 형은 구체적으로 계획을 벌써 짜놓았습니다.

연예인을 몇 명 더 모아 대회도 나가고 컴패션 모금도 해보자고 했습니다. 여자 연예인이 한 명 있으면 더 이슈가 되겠다며 구체적으로 황보라는 이름까지 거론했습니다.

한국 대회도 나가고 팀을 짜서 해외 대회도 나가 보자
고… 우리는 아주 신이 났습니다.


그러다가 인표 형은 운동을 하다 허리를 다쳤고 저는 다
른 바쁜 일로 연습도 못하고 꽤 많은 시간이 지나 흐지
부지되려던 찰나에 은총이네를 만나고…
2012년 10월 14일 은총이와 약속을 했습니다. 삼촌도
은총이를 위해 철인3종경기를 뛰겠다고.
철인3종경기를 직접 해보고서야 왜 철인3종경기라 불
리는지 알게 됐습니다. 철인만 하는 거였습니다. 보통
사람은 하면 안 되는 경기였습니다.
바다 수영 1.5킬로미터, 사이클 40킬로미터 그리고 달
리기 10킬로미터. 이 모든 걸 3시간 30분에 완주해야
철인이 되는 겁니다.
철인3종경기를 준비하면서 살면서 처음으로 '아무리 노
력해도 안 되는 것도 있겠구나'라는 마음이 들기도 했
습니다.
그 전까지만 해도 늘 "할 수 있어!"였는데…
하지만 분명한 목표가 있었기에 그리고 은총이와의 약
속이 있었기에 포기할 수 없었습니다. 그래서 아무에
게도 알리지 않고 저와 또 하나의 약속을 했습니다. 내
가 철인3종경기를 완주할 수만 있다면 내가 뛸 1미터
당 천 원씩을 은총이처럼 장애를 가진 아이들을 위해
드리겠다고.

혹시 완주 못 하고 창피당할까 봐 아무에게도 말하지
않았습니다.
첫 번째 관문인 수영을 완주할 수나 있을까 걱정이 태산
이었습니다. 그리고 경기 날, 총 5만 1,500미터를 3시
간 2분에 완주했습니다.

정말 기적이었습니다.
철인이 됐습니다.
은총이와 한 약속을 지켰습니다.
그리고 제 자신과 한 약속, 5,150만 원을 은총이처럼 장
애를 가진 아이들을 위해 푸르메재단에 드렸습니다.

2014년 5월 24일 토요일 저녁 7시 30분 수원의 한 교회 행사에서 자신의 이야기를 나누고, 바로 다음 날 오전 부산의 큰 마라톤 대회에 참가하기로 한 한 남자를 생각해 보자. 그는 이참에 가족들과 주말 부산 여행을 계획하며 다음과 같은 6단계의 마스터 플랜을 세운다.

토요일 저녁 8시 30분에 수원에서 간증 종료 → 밤 9시 조금 넘어 서울 한남동 집 도착 → 네 명의 아이들 준비시켜 온 가족과 서울역으로 출발 → 밤 10시 부산행 열차 탑승 → 다음 날 아침 10킬로미터 마라톤 참가 후 가족들과 부산 나들이 → 밤기차로 서울 도착

하지만 계획이란 가끔 첫 단계부터 대단히 어그러지기도 하는데, 예를 들어 행사 순서 배정의 오류로 남자가 8시 15분이 되어서야 마이크를 잡는 경우가 그렇다. 그는 9시 15분에야 마이크를 내려놓게 되고[1단계 실패], 9시 조금 넘어 집 도착은 이미 불가능하기에[2단계 실패] 부지런히 달려 가족들과 11시 기차를 타야겠다고 생각한다[3, 4단계 수정]. 조금 뒤, 마라톤 취재차 미리 부산으로 향하던 남자의 매니저와 나는 메시지를 받는다.

'아이들은 안 오고 나 혼자 가고 있어.'

남자의 아이들이 아빠를 기다리다 잠들어 버렸고, 그의 아내도 속이 상했다[3, 4단계 실패 → 가 아니라 마스터 플랜 대붕괴]. 피곤하고 어두운 얼굴을 감추며 홀로 부산역에 나타난 남자의 머리에는 이미 마스터 플랜B가 세워져 있다. 다음 날 아침 9시에 시작되는 10킬로미터 마라톤을 마치자마자 비행기를 타고 가족들에게 돌아가는 것이다.

2012년 10월 14일,
군산 새만금에서의 저의 첫 철인3종경기는 은총이 아빠가 은총이를 위해 준비한 대회였습니다.
대회 수익금은 은총이를 위해 쓰일 예정이었습니다. 혹시라도 나중에 은총이 아빠에게 무슨 일이 있어도 은총이가 경제적인 지원을 받을 수 있도록 계획한 것이었습니다.
함께 대회를 준비하면서 우리나라의 다른 은총이도 같이 품기로 했습니다. 철인들의 참가비 전액을 어린이재활병원 건립을 위해 기부하기로 했습니다. 지선이의 소개로 인연을 맺은 푸르메재단에…
첫 은총이 철인3종경기를 준비하며 어려움을 겪고 있을 때 푸르메재단 주최로 서경덕 교수와 토크콘서트를 하게 됐습니다.

*"내일 마라톤 시작은 10시 30분입니다."*
*"어? 내일 9시 시작 아니야?"*

*믿음없이 계획한 주말 일정과 가족 여행이었다. 하지만 상상도 못한 외부 환경의 간섭으로 계획은 첫 단계부터 삐거덕. 하지만 천천히 망가졌다. 이를 바로 잡기 위해 있는 힘껏 머리를 쓰고 쉬지 않고 움직인 그의 노력은 모두 허사가 되고 말았다. 미안하고 속상한 가운데 홍보집을 나서며 아내에게 약속했던 차선책마저 번복해야 하는 상황이 되자 그 남자, 큰 형의 늙은 목소리와 크게 뜬 눈, 결국 동요가 일었다. 하지만 상황을 받아들이는 것 말고 우리가 할 수 있는 일은 아무 것도 없었다. 얼굴에 떠오른 당혹스러움을 금방 지우고 속으로 향한 형은 다음 날 열심히 마라톤을 마친 뒤 옷도 갈아입지 않고 부산 공항으로 향했다.*

*"아이들이 부산 오는 거 기대하고 있지 않았어요?"*
*"엄청 기대했지. 며칠 전부터 다들 신나서… 하람이는 오늘 일어나자마자 엄청 울었대."*
*"아이고… 어떻게 해요, 그럼?"*
*"몰라. 가서 뭔가는 해줘야 해. 하하."*

*공항으로 들어가는 형은 놀라울 정도로 빠르게 제 페이스를 되찾은 모습이었다. 아마 어제 그 당혹스러운 표정을 지었던 몇 초가 지나고는 다시 있는 힘껏 마스터 플랜C를 생각해 냈을 것이다. 그가 참 쉽게 해내는 것처럼 보이는 여러 역할들 뒤에 이처럼 눈물겨운 노력이 숨어 있었을 줄이야. 그날의 마스터 플랜C는 부디 대성공을 거두었길, 뭐, 실패했다면 플랜D고 E고 머리를 쥐어짜서 만들었을 사람이긴 하지만…*

*— 이승국*

제가 그 자리에 은총이 아빠를 초대했는데, 그날 참석했던 고정욱 동화 작가님이 콘서트 도중에 은총이를 주인공으로 한 동화를 써서 인세 일부가 은총이에게 계속 가도록 하고 싶다는 제안을 해주셨습니다. 그리고 우연히 고정욱 작가님과 함께 오신 한국지역난방공사 홍보팀 임선정 사회복지사님은 회사에 '은총이 철인3종경기'를 제안하여 지원해 보겠다고 했습니다.

여러 문제가 풀리는 기적 같은 순간이었습니다. 그렇게 해서 1회 은총이 대회는 잘 마쳤습니다.


2013년 2회 여주 은총이 철인3종경기도 한국지역난방공사의 지원과 전국철인3종경기연합회의 수고로 참가비 전액을 어린이재활병원 건립을 위해 기부할 수 있었습니다. 3회 대회는 2014년 9월 14일 서울 마포 상암에서 열릴 예정입니다.

우리에게는 만남이 참 중요한 것 같습니다. 우리는 계획하지 않았지만 하나님께서 계획하시고 준비하신 만남을 통해 일하시는 걸 볼 때마다 참 감사할 뿐입니다.

첫 은총이 철인3종경기 대회 때는 수영을 완주할 수 있을까 했는데 3시간 2분에 완주했고 두 번째 은총이 철인3종경기 때는 30도가 넘는 더위 속에 2시간 51분에 완주했습니다.

SUB 3, 3시간 안에 완주를 했습니다.

또 다른 도전을 해보려고 합니다.

세 번째 은총이 철인3종경기에서는 2시간 30분대로 뛰어 보려고 합니다.

은총이 아빠하고 약속했거든요.

우리 이왕 시작한 거 그냥 하는 데만 의미를 두지 말고 진짜 잘해 보자고…

2013년 한 해 동안 철인3종경기 세 번, 10킬로미터 마라톤 열네 번, 7킬로미터 마라톤 세 번. 총 스무 번 완주했습니다.

일주일에 세 번 대회에 나간 적도 있습니다.

대체로 이해해 주는 혜영이지만, 주일, 그다음 주 토요일과 주일, 일주일에 세 번을 출전하려니 토요일 대회는 차마 입이 떨어지지 않았습니다. 다음 날 뻔히 대회에 나가는 걸 알고 있는데 오늘도 나간다고 하려니… 게다가 토요일에는 손님이 오기로 돼 있었습니다.

미국에서 만난 마이클 오 목사님 가족인데, 아이가 다섯 명입니다. 대가족을 초대한 상황이었습니다. 지금은 일본에 살고 계시는데 한국에 다니러 오셔서 집으로 초대한 것이었습니다.

드디어 토요일 아침, 하필 목사님 가족이 일찍 오시겠다는 연락이 온 겁니다. 큰일이 난 거죠.

아이들이 토요일 아침에 수영을 가니까 준비하면서 '어떻게 하지?' 고민에 빠졌습니다. 때마침 혜영이가 빵을 사다 달라고 했습니다. 아이들을 수영장에 데려다 주고 빵집에 갔더니 아직 문을 안 열었기에 수영 마친 아이

들을 집에 내려 주고 저는 빵을 사오겠다고 다시 나와
서는 대회장에 갔습니다.

'10킬로미터 뛰는 데 40분쯤 걸리니까 빨리 뛰고 빵 사
서 집에 가자' 하면서 계산을 하고 또 해도 시간이 애매
했습니다. 혜영이에게 거짓말을 할 수도 없고. 망설이
다 뛰기 전에 매니저에게 부탁했습니다. "혜영이에게
빵 좀 사다 주고 와. 그럼 끝나 있을 거야."

그런데 매니저가 돌아와서는 "죄송합니다. 전 누나가
아시는 줄 알고…" 하는 것이었습니다.

혜영이가 엄청 화가 났다는 겁니다.

빨리 집으로 가서 혜영이에게 잘못했다고 빌었습니다.
평소보다 더 열심히 집안일을 돕고 아이들과 놀아 주고
오신 손님과도 좋은 시간을 보냈습니다.

다행히 얼마 있다 보니 혜영이는 화가 풀린 듯했습니다.
목사님 가족이 떠나신 다음에도 혜영이는 화를 내지 않
았습니다. 감사한 사실은 혜영이에겐 금방 잘 잊는 은
사가 있다는 것입니다.

2014년 3월 26일 마포 상암동에 어린이재활병원이 착공되었습니다. 푸르메재단 백경학 상임이사님의 의지의 결과입니다.

2010년부터 1년 가까이 홍보대사를 부탁하셨는데 이미 홍보대사로 활동하는 곳이 여러 곳 있어 계속 사양했습니다. 그러다가 문득 궁금해서 홈페이지를 둘러보는데 들어오고 나가는 내역이 모두 공개되어 있었습니다.

은총이를 알게 되면서 장애 아이들을 위한 마음이 커졌습니다. 그리고 백경학 이사님에 대한 믿음이 생겼고 무엇보다 이사님을 향한 하나님의 마음을 알게 되면서 홍보대사를 하겠다고 이번에도 제가 연락을 드렸습니다. CBS 기자였던 이사님이 가족과 영국에 연수를 가셨는데 부인이 사고로 하반신을 못 쓰게 되셨다고 합니다. 귀국해서 재활 치료를 받으려 했지만 막막한 환경이었습니다. 그래서 보험금 10억으로 푸르메재단을 시작하셨다고 합니다.

푸르메재단과 함께하기로 하면서 처음 부탁받은 건 MBC 모금 방송 출연이었습니다. 2011년 10월 3일, 마침 하랑이 생일이었습니다. 보통 모금 방송은 "이웃을 돕는 좋은 일에 동참해 주세요. 기부하세요" 하는 겁니다. 선행을 하라고 권유하는 겁니다. 선행은 착할 선에 행할 행, 좋은 일을 행한다는 겁니다. 저는 선행을 이렇게 풀이합니다.

내가 먼저 행하는 게 선행이라고.


다른 사람들을 좋은 일에 동참하게 하기 위해선 그 좋은 일을 내가 먼저 행해야 한다고 생각합니다.

그래서 생방송에서 "하랑이 생일인 오늘, 하랑이 이름으로 어린이재활병원 건립을 위해 천만 원을 내겠습니다. 여러분도 함께해 주세요"라고 했습니다.

푸르메재단을 위한 첫 번째 선물이었습니다.

그해 2011년 11월 11일은 밀레니엄 **빼빼로데이**라고 떠들썩했습니다. 이런 날 혜영이에게 줄 수 있는 가장 멋진 선물이 무엇일까 생각해 보았습니다.

2011년 11월 11일 11시 11분 11초에 2,011만 1,111원을 수표로 끊어서 혜영이 이름으로 푸르메재단에 어린이재활병원 건립을 위해 드려야겠다라는 아이디어가 떠올랐습니다.

천 년에 한 번 있는 날을 가장 뜻 깊게 기념해야겠다고 계획했습니다. 30분 전에 설레는 마음으로 은행에 갔습니다.

수표 발급에 필요한 모든 것을 준비하고 기다렸습니다. 이제 버튼 하나만 누르면 되지만, 약간의 오차에도 숫자가 틀릴 수 있으니 초긴장 상태였습니다. 한 5분 전부터 아무것도 안 하고 집중하며 기다렸습니다.

긴장되는 순간.

5, 4, 3, 2, 1

2011년 11월 11일 11시 11분 11초까지 정확하게 찍혔습니다! 혜영이에게 천 년에 한 번 해줄 수 있는 선물을 한 것으로 기분이 날아갈 것 같았습니다.

아무것도 모르는 혜영이를 푸르메재단으로 불러서 혜영이의 이름으로 밀레니엄 선물을 했습니다.

푸르메재단을 위한 두 번째 선물이기도 했습니다.

2012년 2월 7일 이성미 집사님이 섬기는 연예인연합예배에서 지선이가 간증을 했습니다. 간증이 끝날 무렵에 "우리나라에 장애 어린이를 위한 어린이재활병원이 필요합니다"라고 잠깐 이야기했는데, 저에겐 큰 울림으로 다가왔습니다. 그날 집에 가서 내가 무엇을 할 수 있을까 생각하던 중 문득 이런 마음이 들었습니다.

혜영이하고 어린이재활병원 건립을 위해 하루에 만 원씩 1년 동안 모아 보자. 그리고 똑같은 일을 할 수 있는 만 개의 마음을 모아 보자. 다음 날 바로 푸르메재단 백경학 이사님께 전화했습니다.

"이사님 어린이재활병원 짓는 데 얼마나 드나요?"

"(머뭇머뭇) 320억 정도요."

"그러면 그 돈 제가 모아 보겠습니다."

저에게 320억이란 큰 돈은 없습니다. 하지만 하루에 만원을 일 년 동안 모으면 365만원, 그런 마음이 만 개가모이면 365억. 재활병원을 짓고도 남는 돈이었습니다. 그래서 만 원으로 320억을 모아 어린이재활병원을 짓겠다는 조금 황당한 계획.

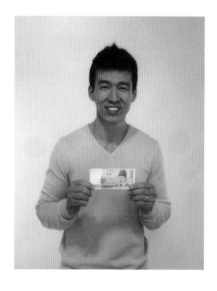

그렇게 만 원의 기적이 시작된 겁니다.

2013년 1월 1일에 1년 계획을 세웠습니다. 1년 동안 달리기, 사이클, 수영 합해서 1만 킬로미터를 뛰어 보자고. 내가 뛰는 1미터당 1원씩 1만 킬로미터를 뛰고 천

만 원을 어린이재활병원을 위해 기부해 보자 싶었습니
다. 그리고 열 번의 10킬로미터 마라톤과 열 번의 철인
3종경기를 완주하자는 조금은 황당한 계획을 세워 봤
습니다.

은총이와 은총이 아빠가 포기하지 않고 철인3종경기에
도전하며 기적을 만드는 것처럼 나도 은총이를 위해 그
리고 우리나라에 있는 100만 명의 또 다른 은총이를 위
해 기적에 도전을 했습니다.

2013년 1년 동안 열 번의 철인3종경기를 완주하진 못
했지만 세 번의 철인3종경기, 세 번의 7킬로미터 마라
톤, 열네 번의 10킬로미터 마라톤, 1년 동안 총 20개
의 대회에 나가서 완주했습니다. 그리고 불가능할 것
같았던 1만 킬로미터 또한 해냈습니다.

발톱이 세 개나 빠지고, 뛰기 싫은 날도 많았지만 뛰
고 또 뛰었더니 2013년 1년 동안 1만 킬로미터를 뛰
었습니다.

1미터에 1원 1킬로미터면 천 원, 만 원의 기적과 숫자
가 영 맞지 않았습니다. 고민을 하고 있던 차에 감사하
게도 연말에 CF가 들어 왔습니다. 그래서 1킬로미터당
만 원씩 1만 킬로미터 총 1억 원을 2014년 2월 푸르메
재단에 어린이재활병원 건립을 위해 드렸습니다.

그렇게 2년 동안 만 원의 기적 캠페인으로 열심히 모금
을 하고 얼마 전 착공식 때 궁금해서 물어봤습니다.

"어느 정도 모였나요?"

320억 원 정도 모였다고 했습니다.

"와우, 다 모였네요!"

그런데 예산이 늘어났다고 합니다.

430억으로…

원래 5층 건물을 계획했는데 아이들을 위해 더 많은 시설을 준비하면서 7층 건물로 변경됐다고 합니다.

괜찮습니다.

앞으로 또 1년 동안 많은 분들이 함께해 주신다면 모자란 금액도 채워질 거라고 믿기 때문입니다.

물론 처음 아이디어처럼 만 원으로만 320억이 모인 건 아닙니다. 그렇지만 확실한 건 '만 원'이 기적을 만들고 있습니다.

현재 6천 명 정도 동참해 주셨는데, 하루에 천 원씩 모으는 천 원의 기적으로도 많은 분이 함께해 주고 계십니다. 물론 큰돈을 선뜻 내어 준 개인이나 기업도 있습니다.

2015년 11월에 어린이재활병원이 완공된다고 합니다. 병원이 다 지어지면 우리 네 아이를 데리고 가서 병원을 가리키며 이렇게 이야기해 주려고 합니다.

"애들아, 아빠 엄마하고 귀한 만 개의 마음이 모여서 저 기적을 만들어 냈단다. 너희도 꼭 그런 기적으로 살아

갔으면 좋겠어. 왜냐면 너희들의 존재가 바로 선물이
기 때문이야!"

만 원의 기적이 바로 푸르메재단을 위한 세 번째 선물
입니다.

그리고 이 선물은 아직도 진행 중입니다.

얼마 전에 허리를
좀 삐끗했습니다. 달리기를 하면서 1, 2년에 한 번씩
부상이 있는데. 조심해야 하는데 가끔 소홀할 때가 있
습니다.
달리기를 많이 해서 허리가 조금 약해진 상태에서 무거
운 걸 들었는데, 찡~~ 하루 종일 침대에 누워 일어나
지도 못했습니다.
온몸을 못 쓰는 겁니다. 허리를 조금 다쳐도 이렇게 온
몸이 힘듭니다.
그러다 드는 생각이,
'우리나라가 허리가 잘려서, 이렇게 힘을 못 쓰는구나.
그래서 온 나라가 불편하고 아프구나. 그렇게 60년이
됐으니 아픔이 많구나!'
이제 북한 동포에 대한 마음을 조금씩 더 키워 보려고
합니다. 그곳에도 꿈과 희망의 손을 내밀어야겠다는 마
음입니다.

Sean

우리 엄마는
정혜영
입니다

My mom is an angel
and her name is Jung, Hyeyoung

때로는 사랑스러운 연인으로.

때로는 불새가 상징하는 것처럼 희생을 감수하며 사랑하는 불쌍한 악녀로, 때로는 부유한 가정에서 자라다 갑자기 사고로 부모님을 잃고 변호사 밑에서 일하게 되는 비운의 여자로, 때로는 어쩔 수 없이 아이를 떠나보냈다 나중에 장성해 돌아온 일지매를 마음 아파하며 바라보는 엄마로.

여러 사람의 삶을 카메라 너머에서 살아가는 저는 여배우입니다. 가끔은 드라마 속 이미지 때문에 오해를 받기도 하는.

© 안주영(TEO), 열린

저는 한 남자의 아내랍니다.

그냥 지나갈 줄 알았던 평범한 첫 만남 후 한 남자의 지극한 구애. 그리고 콘서트장에서 6천여 명의 관중 앞에서 받은 영화의 한 장면 같은 프러포즈에 "YES!" 하고 대답하고 결혼했지요.

남편이 아이를 정말 좋아하지만, 하나만 낳아서 잘 키우자 했다가 첫 아이가 너무 예뻐 남편이 꿈꾸던 보석 같은 네 아이, 하음 하랑 하율 하엘이를 키우는 엄마랍니다.

육아는… 진짜 남편이 많이 해요.

아니, 남편은 육아의 달인이에요.

이런 일도 있었어요.

막내 하엘이를 낳고 산후 조리를 하고 있어서 남편 혼자 집에서 세 아이를 보고 있을 때인데 친한 동생에게 전화가 왔어요.

방금 남편이 아이들과 식당에 있는 걸 봤다면서 세 아이와 너무 평화롭게 식사를 하고 있어서 정말 신기했다는 거예요.

저도 신기해요.

타고난 건지 아니면 나 몰래 육아 수업을 받으러 다니는 건지… ^^

저는 지금도 육아가 쉽지 않아요.

아침에 '애들하고 웃으면서 보내야지' 하지만, 저녁이 되면 '또 그러지 못했어요. 죄송합니다'라고 고백할 때가 많아요.

그럴 때마다 죄책감이 들어요.

제가 생각해도 남편은 참 잘해요.

놀 때는 정말 잘 놀아 주고 혼낼 때는 엄격해요. 하지만 야단치고도 바로 사랑을 주거든요.

그래서 아이들이 아빠를 참 좋아해요.

저도 아이들하고 놀고 웃고 재미있게 지내다가도 돌아가면서 울거나 같은 잘못을 여러 번 하거나 하면 조절이 안 될 때가 있어요. 아이들을 혼내고 나면 아이들은 금방 잊고 "엄마, 엄마" 하는데 오히려 제 마음은 무겁고 힘들어져요.

그래도 열심히 노력해요. 아이들을 많이 칭찬하려고.

이제는 남편이 바쁘면 가끔은 혼자서 아이 넷을 데리고 나가기도 해요. 당연히 나갔다 오면 녹초가 되지만.

남편이 바빠서 아이들을 많이 못 봐주는 날이면 아침
부터 저녁까지 시간이 어떻게 지나갔는지도 모르게 하
루가 가요.
아이 넷 키우는 거 절대 쉽지 않아요.
하지만 행복해요.
힘들지 않아서가 아니라 아이들이 애교 떨거나 넷이서
노는 모습 볼 때 참 좋아요. 외출 나가서 남편이 아이들
과 손잡고 걸어가는 걸 뒤에서 지켜보면 내가 참 부자
라는 생각이 들어요.
넷 낳길 참 잘한 거 같아요.


남편의 수면 시간이 분명 저보다 적어요.
그런데 남편은 일 나가기 전에 아이들 밥 먹이고 준비
물까지 챙겨 두고 나가요. 집에 들어와서도 아이들에게
집중하는 모습이 놀라워요. 제가 요리하는 동안 남편이
아이들과 놀아 주고 재우는 것까지 다 해요.
막내 하엘이는 제가 좀 재웠지만, 셋째까지는 어려서부
터 무조건 아빠랑 자는 줄 알았어요.
"혜영아, 애들은 내가 재울 테니 일찍 자."
아침에 웃는 얼굴이 아니라 힘들어 찡그릴까 봐 미리
숙면을 취하게 해서 저를 기분 좋게 해주려고 엄청 노
력하는 거예요.
자다가 아이가 깨도, 전 일어난 적이 별로 없어요.
잠을 쭉 자는 거랑 중간에 한두 번씩 일어나는 거랑 천

지 차이잖아요. 다음 날 컨디션이 완전 달라요.

그런데 남편은 감기에 걸려도, 전날 늦게 들어왔어도 한 번도 투덜댄 적이 없어요. 원래 부지런하기도 하고 아이도 좋아하지만 가장 큰 이유는 저를 위하느라 그런 거였어요.

그런데 시간이 지나면서 저도 익숙해졌어요.

어느 날부터는 아이가 깨면 발로 툭툭 남편을 막 깨우기도 하고…

아이 낳고 얼마 안 돼서 일이 들어왔어요.

운동을 시작해야 해서 아이들 모유 수유가 충분하지 않
았지요. 하음이 6개월, 하랑이 4개월, 하율이 2개월,
하엘이 한 달. 갈수록 양도 주는 거예요. 첫째 둘째 때
는 어떻게든 더 먹이려 했는데 나중에는 '분유도 괜찮
아' 생각도 하고.

하음이는 첫 아이여서 어른들께서 해주신 이야기, 책에
서 접한 정보 그대로, 곧이곧대로 해야 하는 줄 알고 철
저히 지켰어요.

먹을거리도 유기농으로만, 바르게 바르게.

그런데 밑으로 내려갈수록 시간도 없고 여유도 없어서 지극정성으로 안 되는 거예요. 하지만 지금 보면 큰 차이가 없어요. 이상하죠?

하음이는 유치원에 다니기 시작한 네 살 전에는 과자도 한번 먹이지 않았어요. 초콜릿, 아이스크림도 물론이었죠. 하지만 하엘이는 돌 지나면서 초콜릿 맛을 알았죠.

아이들이 분유를 먹기 시작하면서 남편이 잠자리 습관
을 들여 줬어요. 덕분에 우리 아이들은 일찍 자고 일찍
일어나는 걸 자연스럽게 익혔어요. 저녁 8시면 잠자리
에 들 준비를 시작해서 8시 반이면 불을 다 꺼요. 어떤
아이들은 늦은 시간까지 엄마랑 같이 드라마를 본다는
데 제 생각엔 그건 아닌 것 같아요.

시간을 정해서 토요일 오전에 두 시간 정도 EBS를 보여
줘요. 그래서 저희 아이들은 다른 집에 놀러 가거나 식
당에 TV가 켜져 있으면 넷이 초집중을 하고 봐요.

그래서 늘 고민은 해요. 부작용이 있을 수 있으니까.

TV를 많이 보는 아이들은 대체로 무심한데, 저희 아이
들은 같은 DVD를 여러 번을 봐도 눈을 못 떼고 봐요.

요즘엔 하음이랑 하랑이가 군기 반장 노릇을 해요.

하율이, 하엘이가 계속 모니터 앞에 앉아 있으면 "두 시간 지났어. 이젠 어른들 프로그램이야. 우리 시간 끝났어!" 하고 하랑이가 딱 꺼버려요.

그러고는 저희끼리 노는 거죠. TV 보는 시간이 많아지면 저희끼리 노는 시간은 확실히 줄겠죠.

늘 고민은 하지만, 형제끼리 놀고 싸우고 웃고 우는 시간이 TV를 보는 재미보다 나을 거라고 생각해요. 대화도 늘고요.

노는 걸 보면 늘 재미있어 보여요.

어떤 때는 제가 놀아 주지 않아도 넷이서 몇 시간을 정말 재미있게 놀아요. 그러다 엄마가 필요할 때가 있어요. 누구 한 명이 울거나 삐쳤거나 다쳤을 때요.

제 안에 정혜영, 아내, 엄마가 다 있어요.

매번 그 셋이 싸워요.

올해 부활절에 남편이 부산에 갔어요. 저 혼자 네 아이를 데리고 교회에 다녀와야 했지요.

남편이 가기 전에 아이들 준비를 도와주고 가방에 성경책까지 넣어 현관에 두고 출발했어요.

예배 시간에 늦지 않으려고 서둘러 와서 교회 주차장에서 시간이 되기를 기다렸지요. 근데 아이들이 모두 잠들어 버린 거예요. 예배 시간 임박해서 깨우면 잠결에 힘들어하면서 들어갈까 봐 미리 깨웠어요.

하엘이를 먼저 유모차에 태우고 세 아이를 차례로 깨우다 보니 시간이 제법 걸렸어요.

예배 시간이 1시 30분이라 점심시간은 놓쳤죠.

다행히 교회에서 예배 마치고 부활절 떡을 나눠 주었는

데 평소 같으면 밥을 제대로 먹이고 떡은 간식으로 먹였을 거예요.

하지만 그날은 몸이 너무 안 좋아서 그러지 않았어요.

'떡만 먹으면 어때! 떡 많이 먹었으니 집에 가서 과일 더 먹고 때우자.'

편하게 마음먹었죠.

남편이 저녁을 먹고 온다는 연락을 받고 아이들 저녁을 차리려고 생각하니 몸이 더 꺼져 들어가기 시작했어요. 제 안에서 싸움이 시작된 거죠.

'나 혼자면 라면 먹으면 되는데… 아이들에게 라면을 먹일 수는 없잖아. 자장면을 시킬까? 아니야. 내가 직접 해주는 게 아이들한테 제일 좋아.'

자장면도 소스를 만들어 직접 해주곤 했으니까요.

머릿속이 복잡해졌어요. '점심도 떡이랑 과일로 때웠잖니!'와 '나 지금 너무 피곤해. 꼼짝하기 싫어!'가 저를 힘들게 하고 있었어요.

누워서 속으로 한참을 씨름하다가 벌떡 일어나면서 결정했어요.

"아니야, 힘내야 해! 오늘 부활절이야!!"

냉장고를 열어 이것저것 꺼내 음식을 만들어 맛있게 차려 줬어요. 막상 하고 보니 잘했다는 생각이 들었어요. 아이들이 신이 난 모습을 보니 좋은 거죠. 사랑스럽고. 기분이 좋아져 몸도 한층 가뿐해졌는데 밥을 먹다가 두 녀석이 숟가락을 놓고 장난을 치기 시작하는 거예요.

그래서 바로 "엄마가 아픈데도 일어나서 만들었는데,

너희들!!!"

애들은 잘 몰라요. 제가 아파도 티를 잘 안 내니까.

저희끼리 하하 호호 노느라 밥 먹는 건 뒷전인 거예요.

빨리 먹이고 치우고 쉬고 싶은데…

그러다 또 생각을 바꿨어요.

'그래, 저렇게 잘 먹고 잘 노는데!'

ⓒ 이재윤(아베끄마망)

넷이 잘 놀아요.

생각해 보면 하나일 때 아이에게 시간을 제일 많이 뺏겼던 것 같아요. 지금은 네 아이를 돌보는 슈퍼우먼이 돼 있지만.

어떤 날은 하루 종일 넷이서 참 잘 놀아요.

놀다 싸우고 싸우다 풀어지고 다시 놀고 둘씩 편도 가르고 하음이가 동생들 잘못하면 혼도 내고… 많이 컸어요.

ⓒ 이혜숙(아빠끄리망)

요즘은 하음이랑 가끔 부딪혀요. 초등학교 2학년이거든요. 자기 주장이 강해졌어요. 책임감을 길러 주려는데 그게 잔소리로 들리곤 하나 봐요. 하음이는 자기 생각대로 하고 싶고 그러다 보니 저는 같은 말을 자꾸 하게 되고.

하음이는 첫째의 고충이 분명 있을 거예요. 동생들한테 피해 의식도 있을 테고.

그래서 좀 피해 줘야 하는데, 고쳐야 할 게 보이면 그러질 못해요. 그런데 학교 선생님이 하음이 칭찬을 많이 하시는 거예요. 책임감도 강하고 리더십도 있고 정리정돈도 잘한다고요. 집에서는 동생들하고 어질러 놓고 안 치워서 제가 잔소리할 때도 있는데.

저랑 실랑이하면 동생들은 그 모습 보고 학습이 되니까 상대적으로 야단맞을 일이 적어지죠. 특히 하엘이는 눈치가 백 단이에요.

부모가 된다는 건 기다림을 배우는 거래요. 저도 조금씩 좋은 부모가 되어 가는 과정이겠죠?

제가 먹이는 거에 좀 집착해요.

정성 들여서 만든 음식을 예쁘게 차려서 주는 걸 좋아해
요. 아이들과 남편이 맛있게 먹는 모습 보려고 집에서
요리를 정말 많이 해요. 그렇게 해주면서 음식 냄새를
오래 맡아 정작 저는 안 먹을 때도 있어요.

주부에게 어떤 밥이 제일 맛있는지 아세요? 남이 차려
주는 밥이에요.

그렇게 열심히 차린 밥을 장난치며 먹으면 화가 나기도
해요. 좀 자유해질 필요가 있다고 생각해요.

'식탁은 행복한 곳이어야 한다.'

알죠. 잘 차린 밥을 즐겁게 먹으면 얼마나 좋아요.

주변 이야기 들으면, 요즘은 집에서 밥해 먹이는 엄마
가 드물어요. 주로 나가서 먹더라고요. 그게 더 싸다고
도 해요.

학원을 몇 군데 다녀야 하니까 시간 맞춰 운전을 해줘야
한대요. 그럼 외식을 할 수밖에 없다네요.

교육이 사랑인 거죠. 전 생각이 좀 달라요.

아무리 생각해도 그게 안 되더라고요.

왠지 미덥지 않고, 예쁘게 식탁을 차려 맛있게 먹이는
게 엄마의 사랑이라고 생각하거든요. 행복하고요.

가끔 아플 때면 꾀도 나지만, 아직은 그래요.

부활절에 제 안에 싸움이 있었다고 했잖아요.

분명 이유가 있어요.

남편은 하고자 하는 일에 열정이 정말 대단해요. 가끔 제가 브레이크를 걸긴 하지만, 대부분 제가 따라가는 편이에요.

곰곰이 생각해 보니 '부활주일에 나만 놔두고, 교회에 혼자 넷을 데리고 가게 하다니'로 시작한 불만이었던 거예요. 말은 안 했지만 화가 난 거죠.

'왜 하필 주일에. 평일도 아니고.'

그 화가 몸으로 간 거예요.

다음 날 아침, 일이 있어 나가려고 신발을 신는데 "잘하고 와~ 있다 갈게"라고 해요. 그래서 몇 시에 올 거냐고 물으니 "점심에 갈게. 맛있는 거 먹자" 그러더니 "혜영아, 왜 힘이 없어?" 하더라고요.

요때다 싶었죠.

"어제 여보가 없어서…"

그렇게 실토하고… 풀렸어요.

남편은 따뜻한 사람이에요. 제 마음을 잘 읽어요.

참 고마운 남편이에요.

저도 남편이 주는 사랑만큼 주고 싶어요.

일방적으로 받기만 할 수는 없잖아요.

남편 안에 계신 예수님, 저도 조금씩 알아 가고 있고 닮아 가고 싶거든요.

그래서 전 남편에게 순종하며 살고 싶어요.

낮잠이요? 낮잠 자는 시간 아까워요.

부지런 떨며 사는 게 좋아요.

요즘은 애들이 아침에 다 나가니까 돌아올 때까지 자유 시간이에요. 뭔가 할 수 있는 시간인 거죠.

아이들이 나가면 우선 집을 정돈하고 청소해요. 집에 들어왔을 때 정돈되어 있는 게 좋아요. 뭔가 어질어져 있거나 어수선한 건 싫어요. 아무도 없는 집에서 청소기 돌리면서 혼자 있는 시간이 참 좋아요.

아마 주부들은 아실 거예요.

집 안 정리를 다 하고 나면 제가 하고 싶은 일을 찾아 해요. 취미생활을 하는 거죠. 포슬린, 퀼트, 요리, 제빵, 한복 만들기, 가죽 공방에서 가방 만들기 등을 했어요 하율이 돌 한복과 하엘이 세례복 드레스는 제가 손바느질해서 만들어 입혔어요. 가죽 가방을 만들어 친한 동생에게 선물하기도 하고요.

요즘은 발레를 배우는데 정말 재미있어요. 유치원에서 발레를 배우는 하엘이와 집에서 "쁠리에" 하면서 같은 포즈를 취해 보기도 하죠.

때론 친구도 만나고 성경공부도 바삐 다니고, 생활에 활력이 되는 것을 부지런히 찾아 하죠. 그래야 아이들이 집에 돌아왔을 때, "사랑해~!" 하고 안아 줄 수 있어요. 아무것도 안 하고 있으면 '나 뭐하는 거지?'부터 해서 딴 생각이 막 들걸요?

점심에 남편이 오면 "뭐 먹고 싶어?" 물어서 꼭 차려 줘요. 샌드위치 하나라도 정성껏 예쁘게 챙겨 줘요. 그게 즐거워요.

남편이 감격하며 먹는 모습에 행복해지죠.

집에서 점심 먹는 사람이 없고, 저 혼자 있으면 밥솥 앞에 서서 김치 하나만 꺼내서 먹기도 하죠. 그릇도 안 꺼내요. 저는 그렇게 먹어도 괜찮아요.

물론 제가 사랑하는 사람은 그렇게 먹으면 절대 안 되지만요.

이젠 하음이 혼자 샤워해요.

남자애들끼리 샤워하고요. 하랑이는 자기 씻고 하율이 머리 감기고 비누질도 해줘요.

하엘이는 벌써 자기 혼자 한다고 들어오지도 못하게 해요. 대소변도 혼자 하려 하고요. 엉덩이가 너무 작아 빠질까 봐 도와주려 해도, 들어오지도 못하게 해요.

"할 수 있어요! 내가 할 거예요. 엄마, 보고 있어요. 거기 있어요. 들어오지 마요."

어떤 때는 힘들다가도 곰곰이 생각하면 진짜 행복하다고 느껴요.

고맙고 예쁘고, 좋은 거죠.

하음이는 카드 쓰는 걸 좋아해요.

엄마한테 가끔 혼나는데도 항상 하트와 함께 "I LOVE MOMMY"라고 써요. 늘 감동해요.

오늘 아침에는 하음이와 하랑이가 엄마를 그려 줬어요. 아끼는 반짝이 종이에다 제가 웃는 모습을. 날개까지 달아 줬어요.

아이들 키우는 거 많이 힘들어요. 하지만 지금 이 순간이 다시는 오지 않을 시간이라는 걸 아니까. 그래서 이 시간을 어떻게든지 소중하게, 더 살뜰히 살아야겠다고 다짐해요.

아이들은 오후 3시면 다 들어와요.

오는 대로 숙제를 하게 해요. 규칙을 만들었죠.

"숙제 먼저 다 끝내면 그 이후는 자유야. 숙제를 미뤘다 자기 전에 하려면 졸립고 힘들어. 자유하려면 먼저 해야 할 것을 끝내야 해. 숙제 검사 받고 노는 거야! 알았지?"

숙제하고 나면 저녁식사 준비하고 먹기 시작해서 보통 6시 반 전에는 저녁을 다 먹어요. 과일까지 먹고는 노는 거죠. 잘 놀아요. 바쁘고 치열하게 자기들끼리.

8시부터 칫솔질하고 옷 갈아입고 기도하고 나서 8시 반에 불 끄죠. 그런데 아이들 재우다 제가 먼저 잠드는 경우가 있어요. 가끔 하엘이가 혼자 잠들지 않고 있다 아빠를 맞이한대요.

일할 땐, 의외로 자유로워요.

적어도 집을 벗어나 일하는 동안은 독립적이에요. 우리 아이들을 잘 돌보고 있을 남편에 대한 믿음이 큰 거죠. 아이들 걱정 별로 안 해요. 전화도 잘 안 해요. 오히려 남편이 전화해요.

"우리 생각 안 나? 애들은 잘 있어."

"일하느라 잠깐 잊어버리고 있었어. 미안해. 밥 잘 먹었어?"

믿음일까요? 자신감일까요?

하음이 때였어요. 막 출산하고 작품이 들어왔는데 모유 수유도 해야겠고, 지금은 일할 때가 아니라 아이에게 집중해야겠다 싶었죠. 그 작품 아주 잘됐어요. 하지만 후회하지 않아요. 늘 가족이 우선이죠. 하랑이 때도 그랬고요.

두 사람의 외부 소통은 주로 선이 담당한다. 혜영이의 문제도 하음이의 문제도 하랑이의 경우도. 그런데 어느 날 혜영이에게 전화가 왔다. 의논하고 싶다는 내용은 K 선생님, 그러니까 독보적인 드라마 작가인 그분이 직접 전화를 하셔서 다음 작품을 같이하자는 제안을 하신 것이다. 아뿔싸, 혜영이가 이제 막 둘째 하랑이를 낳고 몸조리할 때였다. 얼마나 고민이 되었으면…! 하룻밤 생각하고 내일 통화하자 하고는 다음 날 전화했더니 이미 마음에 결심이 되었단다. "하랑이에겐 이 시기가 가장 중요한 시간인 것 같아요. 죄송하다고 말씀드렸어요." 난, 전화를 끊고 치미는 감동으로 저를 축복했다. 아이는 엄마의 희생을 먹고 자란다는 것을 혜영이는 이미 알고 있었다!

— 정애주

통장 관리는 제가 안 해요.

남편이 전적으로 맡아 해요. 전 지갑에 얼마 있는지도 모를 때가 많아요.

결혼 전에 잠깐 혼자 산 적이 있었어요. 그때 공과금, 관리비 등등 내려고 은행을 다니는데, 어지러웠어요. 너무 힘들었어요. 저는 숫자에 참 약해요.

결혼하는 순간, 다 맡기고 나니 정말 편해요. 자연스럽게 제 통장도 다 맡아 준 거죠.

제가 일해서 들어오는 돈도 다 남편이 관리해요. 온전히 남편에게 맡겨요. 용돈도 남편이 줘요.

하지만 남편은 제가 용돈을 타 쓰게 하지 않아요.

지갑을 열면 항상 돈이 두둑하게 들어 있어요. 그러니 지갑에 얼마가 있는지 모르죠. 남편이 항상 넣어 놔요. 부족하지 않게.

세어 보지도 않아요. 주로 카드를 쓰니까요. 현금은 잘 쓰지 않죠. 그런데도 남편은 "그래도 지갑에 현금이 있어야지. 돈이 없으면 그렇잖아. 언제 어디서 어떻게 필요할지 모르는 일이고 또 기분이지, 혜영아" 하면서 5만 원짜리 신권으로 넣어 둬요. 한 번도 얼마 달라고 해본 적이 없어요.

문득 이런 생각을 해요.

'남편이 갑자기 사고라도 나면 통장이 어디 있는 줄도
난 모르는데…'

그런 상상을 해보다 혼자 피식 웃죠.

요즘 '정혜영의 글'이라는 제목으로 온라인에 떠도는 글
이 있는데 제가 쓴 글이 아니에요. 제 말투도 아니고
제 고백도 아닌데, 제 사진과 우리 가족 사진까지 실
려 있어요.

© 안주영(TEO), 엘르

제가 남편을 얼마나 자랑스러워하고 사랑하는데, 그리
고 남편이 무엇보다 우리 가정을 우선시하고 아이들하
고 시간을 많이 보내는데… 그 글에는 그렇게 쓰여 있
지 않아요.

어쩌죠?

이웃을 위해 나누자고 할 때, 제가 무덤덤할 때가 있어
요. 그럴 땐 꼭 이야기해요. 담아 두진 않아요.

"그건 아닌 것 같은데… 하고 싶지 않아."

"알았어. 네가 싫으면 안 해."

그렇게 말하고 남편은 정말 안 해요.

그런데요. 이상하게도 생각이 바뀌어요. 마음이 불편했
다가도 남편 뜻에 동참하기로 하면 어느새 슬그머니 편
안해져요. 남편은 왜 그래야 하는지 설득하려 하지 않
아요. 기다려요, 저를. 무조건 그냥 시간을 주더라고요.
그리고 제가 준비되면 남편에게 말해요.

절대 내키지 않는 마음으로 간 곳은 없어요.


나의 남편과 보석 같은 우리 아이들과 함께하기에 행복
하고, "네 이웃을 내 몸과 같이 사랑하라" 하셨듯 나의
이웃과 함께하기에 행복하고, 그리고 나의 하나님과 함
께하기에 더욱 행복해요.

"오늘 더 행복해"

바로 제 고백이랍니다.


Hyeyoung

바늘 없는 실을 생각할 수 없듯이 어느 순간
부터 실 없는 정혜영, 정혜영 없는 실을 생각
할 수 없게 되었습니다. 왜냐하면 그 둘은 두
사람이 아닌 한 사람이기 때문입니다. 실이
실이고 이름이 정혜영입니다. 본래 부부란
그래야 하는 것입니다. 그들처럼 천상천하에
유일무이한 인신동체여야 하는 것입니다.

둘이 하나가 된다는 것은 희생과 포기를 의미
하는 것이 아니라 사랑과 행복의 통로가 된다
는 것을 정혜영과 션이 오랜 세월 동안 우리
에게 보여 주었습니다. 내 부인이란 나의 사
랑을 평생 동안 마음 놓고 실천할 수 있는 유
일한 사람입니다. 내 남편이란 내 행복을 일
평생 공유할 수 있는 가장 가까이에 있는 사
람입니다. 그렇게 가정에 사랑과 행복이 가
득 찰 때, 비로소 그 가정은 사랑과 행복의 통
로가 될 수 있는 것 같습니다.

주유소에서 자동차에 기름을 넣을 때 가장 먼
저 기름으로 가득 차게 되는 곳은 어디입니
까? 기름 저장고와 자동차를 이어 주는 총유
관이 먼저 기름으로 가득 차야 비로소 기름의
통로 역할을 하게 됩니다.

정혜영과 션이 그렇습니다. 둘 사이를 사랑
과 행복으로 가득 채운 그들은 비로소 사랑
과 행복을 외부로 운반하고 전파하는 축복의
통로가 되었습니다. 사랑과 행복이 흘러넘쳐
주변을 밝게 하는 가정, 우리 모두가 꿈꾸는
가정의 모습입니다.

— 차인표

스무 살 때는 동화 같은 사랑을 꿈꿉니다. 〈오늘 더 사랑해〉에서도 그런 모습입니다. 저와 혜영이가 사랑에 빠져 하루하루를 사랑하면서 살아가는. 그렇지만 지금 우리 가족의 행복은 절대적으로 혜영이의 동화 같지 않은 헌신과 수고가 있기 때문이라는 걸 알고 있습니다. 한번은 가까운 지인 한 분이 혜영이 손을 붙잡으며 보시더니 말씀하셨습니다. 「혜영이는 참 아름답고 멋져. 손은 여배우 손이 아니라 엄마 손이네」라고.

— 션

우홋~ 저희는
하음 하랑 하율 하엘
입니다

Hello~ We are the fantastic four, Haeum, Harang, Hayul, Hael!

주변에서 이런 이야기를 들었습니다.

첫째 아이가 둘째 아기를 처음 만날 때 정말 잘해야 한다고. 어느 날 엄마가 처음으로 아기를 안고 집으로 들어올 때 큰아이의 느낌은, 아내가 집에 있는데 남편이 다른 여자를 데리고 들어오면서 "자, 이제 우리 같이 살거야"라고 하는 수준의 끔찍한 충격이라고 합니다.

큰아이 입장에서는 혼자 모든 관심과 애정을 집중적으로 받다가, 갑자기 엄마 아빠가 처음 보는 아이를 사랑스럽게 안고 들어오더니 같이 산다고 하면 감당하기 어려운 겁니다.

그래서 해코지를 하고 질투도 하게 되는 겁니다.

하랑이를 낳았을 때,
하음이는 20개월이었습니다. 혜영이가 하음이와 병원
도 같이 가고 "엄마 뱃속에 애기가 있어. 아주 예쁜 아
기야. 네 동생이고"라고 자주 알려 주었습니다. 드디어
하랑이가 태어나고 하음이와 하랑이가 첫 대면을 하는
날이었습니다. 하음이를 데리고 신생아실로 가서 유리
너머 저쪽으로 다른 아이들과 함께 아주 객관적으로 볼
수 있게 해주었습니다. 그리고 "저기 아이들이 여럿 있
는데 쟤가 네 동생 하랑이야. 보이니?"라고 첫 인사를
시켰습니다.

두 번째 만남은 회복실에서 엄마 따로 동생 따로 거리
를 두고 만나게 했습니다. 혜영이가 누워 있는 침대 곁
신생아 침대에 하랑이를 누였습니다.

하음이가 하랑이를 만져 볼 수 있게 곁으로 데리고 가서

알려 주었습니다. "저번에 봤지? 얘가 엄마 뱃속에 있던 그 아이야. 네 동생이야"라고. 그러니까 하음이가 하랑이를 살펴보았습니다. 살짝 찔러도 보고.

첫째와 둘째를 낳았을 때는 제가 직접 집에서 산후 조리를 해주었습니다.

세 번째 만남은 퇴원한 뒤 집에서 하랑이가 침대에 누워 있는 모습이었습니다. 하음이에게 "이제 우리 같이 사는 거야"라고 충분히 이야기했습니다. 조금 있다 하랑이가 울기 시작하자 하음이한테 물어보았습니다.

"하음이 동생이 배고픈가 보다. 엄마가 젖을 줘야 하는데, 하음아 줘도 되겠어?" 했더니 처음에는 안 된다고 했습니다. 그래서 하랑이를 계속 울렸더니 시끄러웠던지 얼마 후 엄마 손을 잡아끌면서 젖을 주라는 시늉을 했습니다. 그 후부터는 하랑이가 울기만 하면 엄마를 데리고 와서 젖을 주라고 했습니다.

하음이가
동생을 만나는 과정의 첫 단추를 잘 끼웠더니, 셋째, 넷
째 모두 그렇게 순조로웠습니다. 물론 가끔 서로 싸우
기도 하지만, 동생의 존재 자체를 시기 질투해서 해코
지하지는 않았습니다.

하음이와 하랑이가 20개월 차이고, 하랑이와 하율이가
20개월, 하율이와 하엘이가 25개월 차이입니다. 하랑
이 하율이가 한 방을 쓰고, 하음이는 따로 방을 쓰고, 하
엘이 침대는 아직 저희 방에 있습니다.

참 재미있는 건 아이마다 자기만의 보물 상자가 있다는
겁니다. 하음이는 여성스러운 작은 가방, 하랑이는 베
개 밑, 하율이는 액자 뒤나 우리 방 탁상시계 안, 그리
고 하엘이는 옷장 안 자기 속옷 서랍.

가끔 하음이나 하랑이가 아끼는 물건을 못 찾겠다고 하
면 저는 "자기 물건은 자기가 잘 챙겨야지. 쓰고 한 자
리에 잘 둬야지"라고 합니다. 어떨 때는 찾다 찾다 못
찾을 때가 있는데, 그 물건이 동생들 보물 상자에서 나
오기도 합니다. 대체로 서로 잘 나누고 같이 잘 노는데
가끔 남의 떡이 커 보이는지 형이나 언니 물건을 숨기

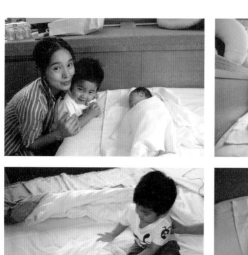

곤 합니다. 요즘은 하음이가 학교에 가면 하엘이가 언니 방에 가서 책상을 뒤져 엉망을 만들거나 언니의 공주 핀이나 액세서리들을 가방에 넣고 들고 다닙니다. 하음이 숙제에 낙서를 하거나 심지어 가위로 잘라 놓을 때도 있습니다.

대체로 많이 양보하고 하엘이를 챙겨 주고 돌보는 하음이가 얼마 전에는 단단히 화가 나서는 "언니가 옷도 주고 신발도 주고… 그렇게 많이 줬는데 너는 나한테 뭘 줬어? 왜 다 뺏어 가려고 해!"라고 하면서 서럽게 울었습니다.

불쌍한 우리 큰딸 하음이….

아이들은 무엇보다 잘 먹어야 잘 자고, 잘 자야 잘 놀고… 그래야 또 잘 먹고 잘 자고. 가장 기본적인 이 일상의 습관이 잘 되어야 합니다. 아이들 멋대로 놔두면 부모의 일상마저 엉망이 될 수 있습니다.

사정상 아직 우유를 떼지 못한 아이를 잠시 맡겨야 했는데, 그때 아이의 먹는 시간이 틀어지고 자는 시간이 틀어져 버렸습니다. 부모는 나의 아이이기 때문에 냉정해질 수가 있지만, 다른 사람은 그러기 쉽지 않습니다. 아이가 울고 배고파한다 싶으면 바로 먹이시니 제가 다시 습관을 들이려면 한참 걸립니다. 그러면 가족의 생활 패턴이 엉망이 되곤 합니다. 아이도 헷갈리기 쉬워 올바른 습관을 들이려면 일관된 훈련이 필요합니다.

아이에게 제일 먼저 알려 줘야 할 것은 세상에 낮과 밤이 있다는 겁니다. 모유를 먹일 때가 산모는 제일 힘듭

니다. 잠이 쏟아지거든요. 처음 2개월 동안은 두 시간
마다 수유를 합니다. 3개월까지는 세 시간마다, 3개월
후에는 네 시간마다 했던 것 같습니다. 그즈음 되면 밤
중 수유를 끊을 수 있습니다. 그걸 못하면, 새벽에 두
번씩 깨서 젖을 물려야 하는데 아이도 충분히 못 자서
힘들고, 산모도 가족도 모두 힘들게 되는 겁니다. 3개
월이 지나면서 밤 10시에 수유하고 한 번을 건너뜁니
다. 그러니까 밤을 지나 이튿날 새벽 6시에 수유를 하
는 겁니다.

하지만 혜영이는 엄마기 때문에 쉽지 않습니다. 아기
가 배고파서 울면 먹이는 게 엄마의 본능이니까. 아직
모유를 끊지 않았을 때였습니다. 혜영이에게 해외 화보
촬영 제의가 들어왔기에 "내가 할 수 있어. 맡기고 다녀
와" 하고 혜영이 등을 떠밀었습니다. 그리고 태어난 지
3개월 된 하음이와 아빠, 둘만의 일주일이 시작됐습니
다. '슈퍼맨이 돌아왔다'의 48시간보다 몇 배 긴 일주
일. 우유를 먹이기로 하고 제가 훈련을 시켰습니다.
딱 일주일 후, 혜영이가 돌아왔을 때 하음이는 10시에
엄마 젖을 먹고 새벽에 안 깨고 잘 잤습니다. 해낸 겁니
다. 하음이도 저도!

그 일주일간, 하음이는 새벽마다 일어나서 한 시간씩 울
었습니다. 엄마도 없고 배고파서 서러웠을 겁니다.
깨서 울면 안고 계속 설명해 줬습니다.

"하음아, 지금은 잘 때야. 지금 안 먹어도 괜찮아."

반복해서 꾸준히 설명해 주었습니다. 그리고 찬송가 '예수 사랑하심은'도 계속 불러 주고. 전 거의 잠을 안 잤던 것 같습니다.

하음이는 울다가 지쳐 잠들고. 그렇게 진심으로 하음이를 위해 기도하고 달래고 설명하고 했더니 일주일 만에 새벽에 안 깨고 안 울고 쭉 자게 됐습니다.

물론 수유 양을 늘려야 합니다. 120ml, 150ml, 180ml까지. 배가 차 있으니 아침까지 충분히 자는 겁니다. 그 후로는 혼자 자게 하고 혹 깨서 울더라도 잠시 토닥여 주면 다시 잠들어 아이도 숙면을 취하고 엄마도 숙면을 취할 수 있게 됐습니다.

하랑이가 제일 수월했습니다. 하랑이는 3개월 지나면서 수유 양을 늘려 주니 밤에도 알아서 잘 잤습니다. 하율이도 그렇게 힘들지 않았고요. 그리고 하엘이도 잘 해 냈습니다. 약간 혼선이 있긴 했지만.

분명한 건 아이들도 밤 사이 두 번씩 깨는 것이 다음 날 컨디션에 영향을 미친다는 겁니다. 갓난아기의 위는 아주 작기 때문에 매 시간 수유가 필요합니다. 하지만 양을 3개월간 60ml에서 120ml, 150ml로 혹은 그 이상으로 점차 늘이지 못하면, 어쩔 수 없이 자다가 일어나서 먹일 수밖에 없을 겁니다. 아이가 밤에 여덟 시간을 푹 자면 다음 날 하루 동안 생활이 편해집니다. 그렇게 잘 자고 특별히 몸이 아프지 않다면 잘 놉니다. 건강한 거죠. 6개월까지는 먹고 잠깐, 한 시간 정도 자고 일어나

놀다가 먹고 또 자고 6개월 지나서 돌까지는 낮잠을 오전 오후 한 번씩 두 번 정도 자야 합니다. 그리고 두 돌전에 한 번으로 줄이는 겁니다. 점심 먹고 나서 오후에 한 번으로.

아이들이 징징대는 건, 잠 못 자고 충분히 못 먹으니 그러는 경우가 많습니다. 무엇인가 만족스럽지 않고 불편해서. 아이가 원하는 대로 해주느라 규칙적인 생활을 가르치지 않으면 서로 힘들어집니다. 부모도 가족도. 그리고 이렇게 불규칙이 계속 이어진다면 나중에는 어쩌면 사회도…

6개월부터 이유식을 시작하고 돌 지나면 아이를 독립시킵니다. 혼자 재우는 겁니다. 그 전까지는 부모의 손이 절대적으로 필요합니다. 아이가 태어나서 6개월은 엄마의 역할이 크지만, 이후부터는 아빠도 많은 걸 해줄 수 있습니다. 돌이 지나면 확실히 좀 자유로워지는데, 아이가 태어나 첫 돌까지가 정말 중요합니다. 하지만 잊지 말아야 할 것은 아내와 남편이 영순위라는 겁니다. 이걸 놓치면 부부도 아이도 행복하지 않을 수 있습니다. 제가 혜영이의 밤중 수유를 끊어야겠다고 결심한 것은 하음이를 위한 것이기도 했지만, 실은 아내를 위해서였습니다.

혜영이가 하음이를 10개월 동안 배에 품었다가 해산의 고통을 겪으며 낳았는데, 매일 잠을 못 자고 아이에게 젖을 물렸습니다. 꾸뻑꾸뻑 졸면서도 하음이가 울면 일

어나 수유를 하는 겁니다. 그 수고를 젖 뗄 때까지 1년
을 한다고 생각하니 가엾고 안쓰러웠습니다.

저와 일주일간 연습한 하음이가 밤에 자는 습관이 들어
있는 것을 혜영이가 돌아오자마자 자랑했습니다. 혜영
이는 처음에는 믿지 못하다가 새벽에 안 깨고 아침에
일어나서는 신기해했습니다. 제게 고마워하면서 저더
러 '육아의 달인'이라 했습니다. 이제 좀 편해진 혜영이
모습에 참 행복했습니다.

그런데 실은 밤새 촬영이 있을 때도 혜영이가 새벽에 들
어와 제일 먼저 하는 일이 이유식 만드는 일입니다. 제
가 남자라서 상대적으로 육아에 많은 부분을 하는 것처
럼 보이지만, 실은 당연해서 눈에 띄지 않는 부분은 모
두 엄마인 혜영이 몫입니다.

아이들은 다 따로 재웠습니다.
지금 형편상 하엘이가 저희 방에서 같이 동거하지만 별
도의 침대에 재웁니다. 신생아 때부터 그렇게 했습니
다. 그리고 6개월부터는 방도 따로 쓰는 연습을 해서 돌
때는 완전히 독립시켰습니다.

ⓒ 이재윤(아베끄마망)

물론 자다 깨서 울 때도 있습니다. 그럴 때 가서 토닥토
닥해서 재우고, 힘들어도 저희 침대에 데리고 오지 않
았습니다. 전 아이들도 엄연히 독립된 인격이라고 생
각합니다.
어느 때가 되면 자기 공간이 필요하고 스스로 그 공간

에 적응하고 때론 지배해야 한다고 생각합니다. 권리이 고 자유입니다.

하율이가 변비를 고쳤습니다. 혜영이가 정말 많이 신경 썼는데 다섯 살 되던 작년 여름에 고쳤습니다. 하율이가 2주 배변을 못 볼 때는 좌약을 넣어서 억지로 하게 할 때도 있었습니다. 그러다 배변에 성공하면 집 안은 거의 축제 분위기였습니다. 그런데 혜영이가 기어이 해냈습니다. TV에서 봤다는데 브로콜리하고 양배추를 끓는 물에 살짝 익혀서 사과하고 또 몇 가지를 섞어 갈아서 주스를 만드는 겁니다. 해독주스라고 하는데 그걸 지극 정성으로 3개월을 하루에 세 번씩 매일 하율이에게 만들어 먹였습니다. 하루도 안 빠지고 하율이가 먹은 거죠!

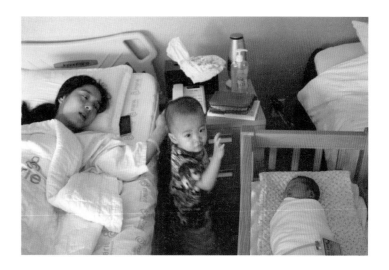

저희는
공부보다 기도하고 누군가를 축복하는 걸 먼저 가르쳤습니다. 하음이가 태어나고 매일 하음이에게 "사랑해, 축복해"라고 말해 줬습니다. 그리고 동생 하랑이가 태어나 4개월쯤 되었을 어느 날, 하음이가 아침에 벌떡 일어나더니 하랑이 방으로 종종 걸어가서는 누워 있는 하랑이에게 "사앙해, 축보케"라고 해주었습니다. 정말 감동이었습니다. 한 번도 하음이에게 시킨 적은 없었습니다.

눈에 잘 띄지 않는 행운의 네 잎 클로버를 찾다 보면 흔히 볼 수 있는 세 잎 클로버를 놓치게 된다. 우리가 삶 속에서 얻고자 하는 소망을 네 잎 클로버라고 한다면 세 잎 클로버는 나눔, 배려 등의 무수한 마음일 것이고, 그중에도 최고의 기쁨인 '가족'이라는 행복일 것이다. 이 세 잎 클로버를 가장 소중히 여기며 삶에서 몸소 실천하고 있는 분들이 이 책의 주인공이다. 아마 나를 포함한 많은 젊은이들이 가장 닮고 싶어 하는 이상적인 가정이 아닐까 싶다. 늘 그런 가정을 꿈꾸며 기도하면서도 나의 부족한 믿음 때문에 의심이 들 때도 있지만, 이분들이 삶에서 실제로 보여 주고 계시기에 매번 놀랍고 배우게 된다. 믿음의 반석 위에 굳게 선 가장 진 장래님과 기도하는 어머니 혜영 언니, 더 잊어 밝고 밝은 아이는, 댁에 갈 때마다 기분 좋은 포만감을 안고 돌아올 수 있는 건, 혜영 언니의 훌륭한 음식 솜씨 때문만은 아닐 것이다. 세 잎 클로버가 삶에 더 소중하다는 걸 몸소 보여 주시는 두 분, 저보다 네 잎 클로버이기는 이분들의 삶을 보며 나도 그리 살게 되기를 소망한다.

— 수영(소녀시대)

저희는 그저 하음이가 사랑스러워 축복하고 싶어 말해 줬던 것인데, 어느덧 하음이가 동생에게 사랑과 축복을 나누기 시작한 겁니다.

지금은 막내 하엘이도 눈 뜨면, "사랑해, 축복해"를 하니까 저희 가족 모두가 "사랑해, 축복해"를 자기 스스로에게 또 가족 모두에게 하는 겁니다.

자기 전에는 기도합니다. 하음이 하랑이 그리고 하율이도 이제 스스로 하는데, 하루 동안 감사했던 것, 잘못한 것이 있으면 고백하고, 다른 사람들을 위해 기도합니다. 아프리카, 아이티에서 굶주리는 아이들, 그리고 북한 아이들을 위해서도. 짧지만, 그리고 아직은 잘 모르긴 하지만 늘 남을 위해 기도합니다.

책도 읽어 주고 읽게도 하지만, 특히 잠언을 읽어 주었습니다. 누군가에게 들었는데, 잠언을 백 번 읽으면 우

리가 살면서 필요한 지혜를 갖고 살 수 있다고 합니다. 그래서 하음이는 혜영이 뱃속에 있을 때부터 잠언을 들으며 자랐습니다. 하음이에게 매일 잠언을 한 장씩 읽어 줍니다. 1년이면 열 번 읽게 되고 그렇게 10년을 읽으면 백 번이 되는 겁니다. 부모가 다 가르칠 수 없는 인생의 지혜를 배우는 겁니다.

훈육은 기도하면서 했습니다.
하음이가 아주 어릴 때 잘못하면 작은 잘못이든 큰 잘못
이든 안고 기도해 주었습니다. "하나님, 하음이가 이런
이런 걸 잘못했습니다. 그런데 하나님께서 우리 하음이
에게 예쁜 마음을 주셨지요. 그러니 다음부터는 그 예
쁜 마음을 꺼내서 쓸 수 있게 해주세요. 예수님 이름으
로 기도드립니다. 아멘!"
저도 하나님께 진심으로 기도하고 그것을 듣는 하음이
도 다음에 그런 상황이 생기면 그 기도를 기억해 주기
를 기대하는 겁니다. 아이가 커가면서 좀 더 큰 잘못을
할 수도 있고 저 또한 아이들이 하나둘 늘면서 아이가
잘못했을 때 조급해지기도 합니다.
그런데 아이들이 참 영특합니다. 하음이가 잘못을 해서
제가 굵은 목소리로 약간 크게 "하음아!!!!" 하면, 바로
자기가 잘못한 걸 알고 "하나님 제가 잘못해서…" 하면
서 울며 기도하면서 저에게 옵니다. 제 앞에 와서는 계
속 울면서 "예수님 이름으로 기도드립니다. 아멘" 하니

다. 그 모습에 감동도 받고 웃음도 나와 그냥 꼬옥 안
아 줍니다.

세 살 버릇이 여든까지 간다고 하는데 하음이는 그렇게
기도하는 아이로 자라고 있습니다.

버릇되어서는 안 되는 것, 특히 거짓말은 따끔하게 지적
합니다. 자기 방어를 할 때는 거짓말을 하게 되잖아요.
그러다 결국 '양치기 소년'이 되고, 양치기 소년은 행복
하지 않을 겁니다. 그래서 아이들에게도 양치기 소년 이
야기를 해주었습니다. "네가 진짜를 이야기하는데, 사
람들이 안 믿으면 어떻게 되는 거지? 믿어 주는 사람이
없으면 행복하지 않을 거야."

공개적인 자리에서 문제가 생기면, 일단 아무도 없는 곳
으로 데리고 갑니다. 그러면 아이는 긴장을 하게 되는

데, 웬만하면 설명해 주고 다시 제자리로 옵니다. 그런데 지금을 놓치면 안 되겠다 싶은 경우가 있습니다. 그럴 땐 아주 강경하고 엄하게 꾸짖습니다. 그리고 집에 돌아가 다시 주의를 줍니다.

요즘은 남자아이들에게는 팔굽혀펴기를 열 번 하는 걸 벌로 주기도 합니다. 운동도 되고 힘드니까 잘못한 것을 반성도 하게 되고. 그런데 오빠들이 팔굽혀펴기 벌을 받을 때 하엘이가 끼어들어 따라 할 때가 있습니다. 엎드려서 엉덩이만 들었다 내려놨다 하는 모습이 웃겨 다들 깔깔 웃다 보면 벌이 아니라 팔굽혀펴기 놀이가 되기도 합니다. 일 년에 한 번 정도 종아리에 매도 합니다. 매는 얇은 나무인데, 아이들은 굉장히 무서워합니다. 절대로 잊어서는 안 된다는 사인인 겁니다. 초등학생이 되기 전까지만 할 겁니다.

그리고 또 하나, 존댓말을 가르칩니다. 아이들은 듣는 대로 따라 하잖아요. 그래서 아이들에게 제가 존댓말을 많이 합니다 "하음아, 잘 잤어요?" "하랑아, 이거 해 주세요." "하율아, 이리 오세요." "하엘아, 사랑해요." 지금은 아이들이 어른들께 존댓말 하는 모습이 참 예쁩니다.

© 이재윤(아베끄마망)

첫 아이를 가졌을 때

혜영이가 저를 닮은 아이였으면 좋겠다고 기도했습니다.

하음이가 태어났습니다.

둘째를 가졌을 때 제가 혜영이를 닮은 아이였으면 좋겠다고 기도했습니다.

하랑이가 태어났습니다.

셋째를 가졌을 때 혜영이가 꽃미남 아들이었으면 좋겠다고 기도했습니다.

하율이가 태어났습니다.

넷째를 가졌을 때 이제 막내이니 혜영이를 닮은 여자아이였으면 좋겠다고 제가 기도했습니다.

하엘이가 태어났습니다.

같은 엄마 뱃속에서 나온 네 아이가 참 다릅니다.

첫째 하음이는 패션에 관련된 일을 하면 어떨까 막연히 기대했습니다.

하음이는 옷을 좋아하고 관심도 많고 종이를 잘라서 붙이고 만들고 하는 걸 좋아합니다.

둘째 하랑이는 건축가가 되어 엄마에게 예쁜 집을 지어주면 좋겠다는 약간 황당한 꿈을 꾸기도 했습니다.

하랑이는 그림 그리는 걸 좋아하고 무엇보다 색감과 디테일로 가끔 저를 놀라게 합니다.

셋째 하율이는 멋진 글을 쓰는 작가가 되면 좋겠다고 상상해 보곤 했습니다.

하율이는 어려서부터 어휘력이 뛰어납니다.

넷째 하엘이는 막내라 그런지 그 자체로 감사했습니다.

하엘이는 뭐든 빠르고 똑 부러지는, 앞으로가 많이 기대되는 아이입니다.

한 엄마 뱃속에서 나온 네 아이가 참 다릅니다.

그래서 우리는 네 아이 다 똑같이 공부만 잘하는 아이로 키우고 싶은 욕심은 없습니다.

한 엄마 뱃속에서 나온 아이들도 이렇게 서로 다른데, 다른 집 아이들과 비교하며 네 명 모두 똑같이 공부 잘하기를 바라며 아이들을 한 길로만 끌고 가고 싶지 않습니다. 아이들이 자기가 잘하는 걸 개발하고 좋아하는 걸 선택할 수 있게 뒤에서 기도하며 돕는, 든든한 후원자 같은 부모가 되고 싶습니다. 아울러 우리 아이들이 각자가 선택한 길에 대해 책임질 줄도 아는 어른으로 자라길 기도합니다.

아이들의 장래에 대해 기본적으로 혜영이와 합의한 사항이 있습니다. 저희 부부는 아이들이 고등학교 졸업을 하면 독립시키려고 합니다. 아이가 성인이 되면 대학부터는 본인이 직접 학비를 벌어야 한다고 생각하기 때문입니다. 대학 입학금까지는 도와줄 수도 있겠지만 그것도 빌려 주는 것으로 하고 싶습니다. 그때까지는 자립할 수 있도록 최선을 다해 도울 생각입니다. 하음이가 중학생이 되면 아르바이트를 시킬 겁니다. 자립하는 것이 사람의 기본 도리라는 것을 제때 가르쳐 주고 싶어서입니다. 지금은 저금통에 동전을 넣는 정도지만 자신의 용돈 정도는 벌어서 쓰는 습관을 들여야 한다고 생각합니다.

외국에서는 열여섯 살부터 일할 수 있습니다. 저도 그랬습니다. 제가 집을 나와 처음 한 일은 버스보이입니다. 식당에서 손님이 식사를 마치면 테이블 치우는 일인데 손님의 술 주문을 받을 수 있는 법적 나이 18세가 되어야 웨이터가 될 수 있습니다. 그러니까 16세는 웨이터의 보조 역할을 합니다. 보조는 팁이 없죠. 팁은 웨이터 몫입니다. 제가 한 시간에 받았던 수당은 3.75달러였는데, 거기서 세금을 뗍니다. 세금을 떼고 나면 3달러가 채 되지 않았던 것으로 기억합니다.

세상은 냉정합니다.

하엘이 돌 때였습니다.
친한 집사님이 댁에서 하엘이 돌이라고 케이크를 준비
해 작은 생일 파티를 해주셨습니다. 남편인 장로님께서
수고한 엄마가 케이크를 먹어야 한다고 말씀하시니까
하음이가 대뜸 "아닌데, 아빠가 수고했는데! 아빠가 케
이크 먹어야 하는데" 해서 한바탕 웃었습니다.

하음이가 보기에는 아빠가 입히고 재우고 먹이고 데리
고 다니니까 그렇게 보였던 겁니다.

하음이는 엄마의 보이지 않는 수고는 잘 모르는 거죠. 입히도록 재우도록 먹이도록 데리고 갈 수 있도록 하는 엄마 혜영이의 수고는 보지 못한 겁니다. 하음이가 엄마가 되어야 알 수 있겠죠. 어쨌든 전, 아이들 재우는 것은 자신 있습니다!

육아 분담은 부부가 서로를 위하는 마음으로 의논하면 좋습니다. 저는 하음이를 낳고 결심한 게 있습니다. 돌까지는 내가 전적으로 맡아야겠다! 물론 기본적으로 엄마가 해야 할 일이 있습니다. 모유 수유하는 동안 엄마의 역할은 절대적입니다. 하지만 재우는 일은 제가 했습니다. 여자 입장에서 보면 서로 사랑해서 아기를 가졌는데, 10개월간 아이를 몸속에 품고 고통을 감수하고 낳고 또 수시로 젖을 물리고 잠까지 재우면서 정작 본인은 잠도 못 자는 기간이 다시 1년입니다. 그때 산후 우울증이 오기 쉽다고 들었습니다. 그러니까 아이 낳기를 두려워하는 것 같습니다. 사실 아이를 낳고 돌보는 일보다 바깥일을 하는 것이 훨씬 자유롭습니다.

여하튼 저는 모유 수유만 혜영이가 하도록 하고 재우고 입히고 우유, 이유식 먹이는 일 등은 1년은 제가 열심히 도왔습니다. 하랑이 하율이 하엘이 차례대로 제가 1년은 육아를 책임지려고 했습니다.

아이들과 잘 놀죠! 출근해서 일하고 집에 돌아와 다시 아이를 돌보는 일을 한다면 정말 힘들 겁니다. 전 생각이 다릅니다. 제가 노는 거죠! 일단 아이들과 놀이에 들어가면 저도 아이가 되는 겁니다. 힘센 아이! 아이랑 뒹굴고 소리 지르고 합니다. 그런 저를 혜영이는 엄마 미소를 지으며 바라 볼 때도 있고 가끔은 혜영 엄마한테 같이 야단맞기도 합니다. 너무 시끄럽게 뛴다고. 그런데 그 순간은 저도 아이인데 어떻게 사뿐사뿐 조심스럽게만 놀 수 있겠어요?

아이들 유치원에서 전설이 된 이야기가 있습니다. 하랑이 생일 때 같은 반 아이들 열 명에다 하음이, 하율이까지 열세 명과 키즈카페에서 함께 놀았습니다. 엄마들은 모두 어른 카페(?)에 보내 드리고 저를 포함해 열네 명의 아이가 신나게 논 거죠. 두 시간 후에 엄마들이 와서 저에게 미안해하시면서 "힘드셨죠? 감사해요" 했는데 전 아주 재미있었다고 했습니다. 그날 키즈카페 사장님이 절 스카우트하실 뻔했습니다.

키즈카페 선생님들보다 아이들과 더 잘 놀아 주는 것 같다고. 놀아 주는 '일'을 하는 게 아니라 아이가 되어서 함께 놀면 저 또한 즐거운 시간입니다. 놀 때는 놀이가 재미있어야 합니다. 아이들이 재미없어 하면 저도 재미없습니다. 아이들이 재미있어야 놀이가 됩니다.

'무궁화 꽃이 피었습니다'와 '즐겁게 춤을 추다가 그대

로 멈춰라'를 섞은 놀이나 '가위바위보, 묵찌빠'도 언제
나 재미있습니다. 어린아이들은 자기 눈을 가리면 상대
방도 못 볼 거라 생각하니 숨바꼭질도 얼마나 재미있는
지 모릅니다. 늘 즐거운 건 걸어가면서 목표를 만들어
달리기 시합을 하는 겁니다. 하엘이는 엘리베이터 타러
가면서도 "아빠, 준비~ 시작!" 하고 뜁니다. 물론 같이
뛰죠! 하율이하고는 유치원 버스를 기다리며 보도블록
을 가위바위보로 건너서 누가 먼저 가나 시합도 합니다.
남자아이들은 야구도 좋아합니다. 자꾸 놀이를 만들다
보면 같이 있는 것만으로도 노는 분위기가 되죠. 마음
이 통하면 무슨 놀이를 해도 재미있습니다.
그래서 아이들과 함께 강연도 갈 수 있는 겁니다.

혜영이가 좀 쉬어야 할 때가 있습니다. 그럴 땐, 누구라도 데리고 나갑니다. 아이를 돌보는 시간이기도 하고 혜영이를 쉬게 하려는 목적도 있고 제 이야기를 들으시는 분들에게 제 모습을 그대로 보여 드리는 유익도 있는 것 같고.

가족을 돌보는 것이 가장인 나의 몫인 겁니다. 그것이 첫 번째 이유입니다. 다음은 재미있습니다. 아이들과 시간을 같이 보내는 것이 행복하고. 아빠가 하는 일을 아이들에게 자연스럽게 보여 주는 겁니다.

"아빠가 이런 일을 한단다" 말로 하기보다 보여 주는 겁니다. 방송국이면 방송국, 컴패션이면 컴패션, 봉사면 봉사, 강연이면 강연.

물론 가끔은 귀찮기도 합니다. 집중도 안 되고. 하지만 아빠와 함께 다니는 동안 아이들이 얻는 것이 많습니다.

문제는 서로 가겠다 할 때인데, 남자아이들만 데리고 가면 하음이가 삐치고, 하음이만 데리고 가면 동생들이 서운해하고, 요즈음은 하엘이가 복병입니다. 큰아이들은 충분히 이야기하면 알아듣고 잘 다녀오라 하는데…

하율이를 유모차에 태우고 마라톤 대회에 나가기로 한 날 아침, 자고 있는 하율이에게 "하율아, 아빠 마라톤 가는데… 일어나자" 했더니 어느새 하엘이가 먼저 일어나서 신발을 신고 있는 겁니다. 하율이를 준비시키고 있는데 하엘이는 잠옷에 신발만 신고 "아빠 마라톤 따라갈 거야" 하고 현관에 계속 서 있었습니다. 하율이를 데리고 나와 현관문을 닫는데 하엘이가 "아빠하고 갈 거야"라며 울부짖는데 마음도 아프고 아주 난감했습니다.

하엘이가 태어나고 얼마 안 되어 울산에 가야 했는데, 아이들을 모두 집에 두고 가기가 혜영이에게 너무 미안했습니다. 그래서 큰아이 셋을 모두 데리고 갔습니다.

셋이 같이 왔으니까 서로 잘 놀겠다 싶어 다른 방에 맡겨 두고 간증을 시작하는데, 아이들 셋이 저를 찾아온 겁니다. 거기까진 괜찮았는데 하랑이가 졸렸던지 회중석에서 아빠에게 가겠다고 울기 시작습니다. 강연 도중에 양해를 구하고 하랑이를 안았습니다.

그런데 갑자기 하랑이가 화장실을 가고 싶다는 겁니다. 저랑 같이. 죄송하고 당황스러웠지만 영상을 틀 즈음 다녀왔습니다. 그러고도 안 떨어져서 안고 재우면서 강연을 마무리했습니다.

언젠가는 아이들이 떠나겠죠.

어느 강연에서 제가 열여섯에 집을 나왔다고 했더니 어떤 분이 물었습니다. 만약에 하음이가 나중에 그렇게 가출하면 어떻게 하겠냐고. 순간 "어…" 했습니다.

미처 생각지 못했습니다. 내 아이가 어느 날 가출할지도 모른다고 미리 생각해 두는 부모는 없을 테니까요. 하지만 그때 제 대답은 이랬습니다. "그냥 기도하겠다"고.

나도 가출했었고, 어떻게 보면 실패할 수밖에 없는 삶을 살았었는데, 예수님을 알게 돼서 삶의 태도가 바뀌고 지금의 내가 있다는 걸 알고 있기 때문입니다.

혜영이와 제가 우리 아이들을 최선을 다해 행복한 사람으로 키우겠지만 그럼에도 그런 일이 생긴다면 무릎 꿇고 기도할 겁니다. 내가 그랬듯이 예수님을 만나면 분명히 다 해결될 것을 아니까.

제가 분명히 알게 된 것이 하나 있습니다. 당연히 우리 아이들이 평생 행복하기를 바랍니다. 그런데 그 행복이 성공이라고 하는 어떤 외형적인 것, 좋은 학벌, 멋진 소유, 자랑할 만한 그 어떤 것도 완벽한 행복이 아니라는 겁니다.

제가 바라는 것은 우리 아이가 그곳에 그들과 함께 있을 때 그곳이, 그들이 행복해졌으면 하는 것입니다. 그러기 위해서는 우리 아이가 행복해야겠죠. 저희 부부는 그것을 경험하게 해주고 싶습니다.

하나님이 저를 사랑하신다는 것을 알고 행복했고, 제가 혜영이를 사랑하면서 행복했고, 그 행복 속에 하음이 하랑이 하율이 하엘이가 함께해서 점점 더 행복해지는 것을 알게 된 것처럼 우리 아이들도 그렇게 행복해지기를 기도합니다.

아직 할아버지가 된다는 생각은 해보지 못했습니다. 다만 제 묘지 비석에 이런 말이 쓰였으면 하고 생각해 본 것이 있습니다.

"하나님을 사랑하고
가족을 사랑하고
이웃을 사랑했던 남자가
여기 잠들다."

Sean

부부,
10년 차

Soulmate...

그냥, "결혼해 줄래?"가 아니었습니다. 프러포즈할 때의 제 결심은 혜영이가 "Yes!" 하면 '평생 이 여자의 행복을 책임지겠다!'였습니다. 제 행복이 아니라 혜영이의 행복을 위해 살겠다는 것이었습니다. 그랬더니 지금 제가 더 행복합니다.

혜영이는 결혼식과 신혼여행에 대한 로망이 있었습니다. 웨딩드레스부터 결혼식의 세밀한 부분까지 생각해 둔 게 있었다고 했습니다. 여자들은 결혼식에 대한 환상을 갖고 산다고 합니다. 하지만 어려서부터 결혼식에 대한 환상을 가진 남자는 아마 없을 겁니다. 한 여자를 사랑하면 과정인 결혼식보다 결과인 결혼을 생각할 것입니다. 여자는 평생 꿈꿔 온 결혼식이니 무엇보다 행복해야 합니다. 그날 행복하지 않으면 신부는 환상이 깨지면서 시작하는 것이기 때문에 신혼부터 불평이 생길지도 모릅니다. 결혼식을 준비하면서 '혜영이의 바람이 채워져야 한다'는 확실한 목표가 있었습니다.

저는 작은 교회에서 결혼식을 하고 싶었지만 혜영이가 ASTON HOUSE에 가보고는 아주 마음에 들어 했습니다. 그래서 무조건 그곳으로 정했습니다. 혜영이가 행복할 수 있게, 처음부터 끝까지 최선을 다했습니다.

결혼식을 준비하는 한 달간 함께 기도하며 준비했습니
다. 혜영이는 그때 하나님이 함께하심을 계속 체험하게
되었습니다. 제겐 그게 더 큰 선물이었기 때문에 다른
바람은 없었습니다.

결혼식은 정말 만족스러웠습니다. 주인공인 혜영이와
나, 신랑 신부가 여유롭고 즐거웠습니다. 지인 200명을
초대했는데 혜영이는 와주신 200명이 어떤 옷을 입고
왔는지도 다 기억합니다. 참석하신 분들은 '떠나고 싶지
않은 결혼식'이라고 말씀해 주셨습니다.

신혼여행은 그리스 산토리니와 이태리 로마에 다녀왔습니다. 산토리니에 예약해 둔 호텔에 갔더니, 예약이 잘못되어 있었습니다. 방이 다섯 개밖에 없는 작은 호텔이었는데 덕분에 더 좋은 방으로 업그레이드되었습니다. 우리는 가장 좋은 복층 방을 쓰게 됐고, 그 호텔은 수영장이 없었는데 호텔 주인이 20미터 떨어진 자기집 수영장을 쓰라고 해서 개인 수영장까지 쓸 수 있었습니다.

게다가 여행사에서 태풍이 올 거라고 했는데, 머무는 내내 날씨가 아주 좋았습니다. 신혼여행 내내 하나님의 선물이라고 생각했습니다.

혜영이는 산토리니 섬에서 '뭔가 기념되는 것을 좀 가져 갔으면 좋겠습니다'라고 기도했습니다. 그리고 두 발짝 걸었을 때 정말 신기하게 수만 개의 돌 중에 하트 모양 돌이 눈에 띄어 주웠습니다. 지나가던 관광객들이 하트 모양 돌을 보고 놀라서 사진을 찍자고도 했습니다.

　　　　　　　　　　신혼 생활도
결혼식을 준비하는 마음으로 했던 것 같습니다. 혜영
이가 원하는 바를 결정하도록 했죠. 그래서 서로 부딪
칠 일이 없었습니다. 그런데 처음 2년 살던 신혼집에서
이사를 가야 하는 일과 제가 압구정동에 가게를 하나 열
어야 하는 일의 시기가 맞물렸습니다. 저는 집을 월세로
옮기고 제가 하는 사업에 목돈을 보태자고 했어요. 그때
저희 둘 다 활동을 많이 하지 않고 있었기 때문에 혜영
이는 불안해했습니다.

혜영이의 계산은 '월세 100만 원은 매달 그대로 없어지는 돈이다'이고 저는 '묶어 두는 돈에 이자가 나오는 것은 아니니 그 돈으로 100만 원 이상 벌자'라는 계산이었습니다. 그렇게 정성을 다해 설명하고 저를 믿도록 설득해서 혜영이의 허락을 받았습니다. 결과는 잘 되었습니다.

저희 부부는 감사하게도 둘 다 아침형입니다. 혜영이의 수면 시간이 저보다는 깁니다. 그래서 아이들을 재워 주는 돌까지 혜영이는 안방에서 자고 아이가 잠자는 습관이 들 때까지 수시로 아이 방에서 잤습니다. 하랑이 낳았을 때는 하음이가 엄마하고 한 방에서 자고, 제가 하랑이를 다른 방에서 재우는 식으로 했습니다. 하음이는 늘 6시면 일어납니다. 저희 가족 모두 아침형이 된 겁니다.

결혼한 남자는 하루 평균 8,000개의 단어를 쓴다고 합니다. 그리고 결혼한 여자는 하루 평균 20,000개 단어를 쓴다고 해요. 두 배가 넘는 셈입니다.

남자는 주로 직장 생활을 하면서 8,000 단어를 거의 다 쓰는 것 같습니다. 하지만 여자는 집에 혼자 있거나 아이를 돌보며 지낸다면 평균적으로 써야 할 단어량에 턱없이 못 미치는 단어만 씁니다. 그래서 남편이 들어오면 남편에게 말을 걸지요. 아내가 "나 사랑해?" 물으면, 남편은 "어, 사랑해"라고 짧게 답합니다. 아직 할 말이 많은 아내는 대화하고 싶다고 사인을 보내는 것인데, 남자는 질문에 대한 답만 합니다.

남자와 여자는 참 다릅니다. 서로 상대방 입장에서 노력하면 더 좋아질 겁니다. 이를테면 아내는 아이와 있을 때도 "하지 마, 빨리 해, 안 돼"라고 짧게 말하는 대신, 여러 단어를 쓰면서 구체적으로 이야기하는 겁니다. 아이에게도 좋고, 생활에서 써야 할 단어를 쓰고 있으니 남편에게 남은 단어를 쏟아내려는 스트레스도 덜 받지 않을까요? 물론 남편도 아내의 일과를 들어주고 대화를 나누는 것이 중요합니다.

저는 될 수 있으면 1주일에 하루 정도 혜영이에게 여자로 살아갈 시간을 줍니다. 그날만큼은 제가 아이들을

돌보고 집안일도 제게 맡기고 나가서 하고 싶은 걸 하
라고. 걱정 말고 재미있는 하루를 보내라고(그래도 혜
영이는 먹을 건 꼭 준비해 놓고 나갑니다). 친구를 만나
수다를 떨든 쇼핑을 하든 꾸미고 나가 혜영이의 시간을
가지라고 합니다.

여자는 결혼하면 남편 뒷바라지하는 아내로, 아이를 낳
고 키우며 엄마로 살아갑니다. 남편은 이를 당연하게 여
기지만, 사실 여성은 아내나 엄마로 태어나지 않았습니
다. 여자로 태어났기에, 여자로 살아갈 때 가장 행복하
겠죠. 하루를 여자 혜영이로 보내고 집으로 돌아온 혜
영이는 더욱 멋진 나의 아내로 그리고 아이들에게 생기
돋는 엄마로 일주일을 살아갑니다.

하나님께서 나의 아내 혜영이를 여성성을 가진 여자로
지으셨기에.

2014년 5월 21일

오늘은 혜영이를 만난 지 4895일

혜영이와 결혼한 지 3512일

그리고 혜영이에게 프로포즈한 지 3793일

가끔 이런 질문을 받습니다. "왜 그렇게 피곤하게 사세요?"

왜 군이 그렇게 날을 세냐고 묻는 겁니다. 저는 어려서부터 숫자를 좋아합니다. 그리고 제 아내 혜영이를 정말 사랑합니다. 사랑하는 아내와 만난 날짜를 세는 건 제게 참 기분 좋은 일입니다. 행복입니다.

결혼을 하고 아이를 낳고 살다 보면 부부가 아이 때문에 산다는 이야기를 들었습니다.

제가 혜영이하고 사는 이유는 혜영이 때문입니다.

혜영이가 사랑스럽고 혜영이를 보면 설레고 혜영이와 나는 더 이상 둘이 아닌 하나이기 때문입니다. 아이들은 저와 혜영이의 사랑이란 나무에서 열린 열매라고 생각합니다. 어떻게 나무를 사랑하지 않으면서 나무의 일부분인 열매 때문에 살아갈 수 있을까요? 과연 그 열매가 건강하게 잘 자랄 수 있을까요?

서로 존중하며 사랑하는 부모 밑에서 자란 아이들은 그 가정 안에서 사랑과 행복을 누리며 자랄 겁니다. 그리고 나와 혜영이가 그렇게 사랑하며 살아가는 게 바로 우리 아이들을 진정 위하는 삶이라고 생각합니다.

요즘은 집안일을 많이 못 도와줍니다. 그래서 혜영이가 가끔 장난스레 동화 속에 살게 해 줘서 고맙다고 합니다. 무슨 말인가 했더니 자기는 집안일만 하는 '신데렐라'라고 합니다. 미안하죠. 하랑이 때만 해도 제가 전적으로 도왔는데. 자꾸 일이 늘어나서 살짝 고민도 됩니다. 저는 밥은 할 수 있는데 다른 음식은 잘 못합니다. 다행히 혜영이는 요리하는 것을 좋아하고 정말 잘합니다. 그래서 전 설거지, 쓰레기, 빨래 담당이죠. 부부가 각자 잘하는 걸 합니다.

저희 벌써 10년 차입니다. 제가 강연을 다니기 시작한 지도 5년이 됐습니다. 이화여대에서 시작한 것이 벌써 그렇게 되었습니다. 그때부터 생각지 않던 일이 드문드문 생기더니 점점 많아졌습니다. 반면, 혜영이는 가족의 요청이 점점 불어나서 묶이게 되었습니다. 수위 조절을 해야 합니다. 제가 네 아이와 아내에게 전혀 시간도 못 내고 나가서 하는 일만 우선한다면 제가 하는 말이 거짓말이 되고 맙니다. 주일에 간증을 부탁받는 경우, 어쩔 수 없을 때는 가지만 혜영이 혼자서 네 명의 아이들을 데리고 예배를 드려야 하기 때문에 가능한 정중히 사양합니다. 예배를 드리고 밥을 같이 먹고 공원도 가는 것이 저희 가족에게 행복한 시간이기 때문입니다.

부부만의 시간은 영화 보기, 분위기 좋고 맛있는 식당을 찾아가 식사하기 그리고 아주 가끔 콘서트에 가는 것 정도입니다. 얼마전 이승철 선배님 콘서트에 갔다 왔습니다. 혜영이는 소녀같이 노래에 감동하곤 합니다. 영화 데이트는 신혼 때 하고 몇 년 동안 못 하다가 요즈음은 아이들이 일찍 학교에 유치원에 가니까 그 사이 시간을 이용해 즐깁니다.

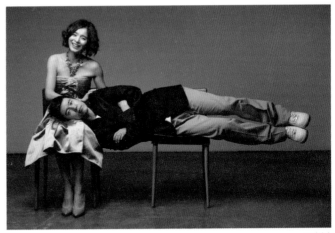

ⓒ 김현성

저희 둘 다 영화를 좋아해 다른 시간을 조정해서라도 보고 싶은 영화는 꼭 영화관에 가서 보려고 합니다. 요새는 여의도 IFC 몰에 자주 갑니다.

아, 특별한 데이트 있습니다. CF 촬영입니다. 저희 부부가 함께하는 광고 촬영은 저희 둘만의 특별한 데이트입니다. 전 아직도 연기가 너무 어색한데, 현장 스태프 말로는 저 혼자 찍을 때와 혜영이와 함께 찍을 때 표정이 완전히 다르다고 합니다.

가끔 이벤트를 어떻게 하냐는 질문을 받습니다. 아이디어를 달라는 거겠죠. 그런데 이벤트 이전에 더 중요한 것이 있습니다. 이벤트를 해주는 사람의 생각과 이벤트를 받는 사람의 입장이 참 다를 수 있다는 겁니다. 나는 이렇게 하면 상대방이 좋아하겠다 생각했는데 막상 받는 사람은 별것 아닐 수도 있습니다.

여자들은 소소한 것에 찡한 감동을 받는데 남자는 큰 거 하나로 다 됐다고 생각합니다. 제가 혜영이에게 해주는 이벤트 중에 혜영이는 결혼기념일에 매번 다른 장소 그것도 예상치 못한 곳에 숨겨진 장미가 한 송이씩 늘어나는 것에 가장 감동합니다. 그 장미에 우리의 행복한 365일이 담겨 있기 때문입니다. 매일매일을 소중히 여기고 최선을 다해 사랑하고 애쓴 364일이 있으니까 365일째 행복이 있는 겁니다.

어제보다 더 그리고 오늘보다 더 사랑한다는 것은 참으로 쉬운 일이 아니지만 사랑의 본질이 무엇인지 잘 알고 있는 션 형님에게는 사랑하는 것처럼 쉬운 일도 없어 보입니다.
우리 사회의 모든 갈등과 내 안에서 일어나는 문제들이 충분치 않은 우리 모두의 부족한 사랑 때문이라는 생각이 들 때마다 션 형님의 가족이 보여 주는 모습은 제게 큰 감동으로 다가옵니다.
"너희는 서로 사랑하라."
알고는 있지만 행하지는 못했던 우리에게 헌신과 희생, 나눔과 배려, 믿음과 온유함을 머금고 있는 션 형님의 모습은 말 그대로 '오늘 더 행복해' 그 자체입니다.

— 이영丑

아이들이 자립해서 다 떠나고 나면 혜영이하고 특별한 여행을 다니고 싶습니다. 아직 상의는 안 해봤지만 우리를 필요로 하는 곳에 갔으면 합니다. 그곳이 어디더라도 혜영이와 함께라면 행복할 테니까.

Sean

우리 가족은
여섯 명
입니다

전 자랄 때
가족에 대한 고마움을 잘 모르고 컸습니다. 너무 일찍
독립하기도 했고… 아버지나 형하고 그렇게 가깝지 않
았습니다. 그래선지 늘 행복한 가정을 꿈꿔 왔던 것 같
습니다. 그렇게 꿈꿔 온 행복한 가족을 본 적이 있습니
다. 그 가족 아이들이 넷이었습니다. 그때부터 제게 가
족은 서로 사랑하는 부부와 아이들 넷이라고 막연히 생
각하고 있었던 겁니다.

그 꿈이 혜영이를 만나면서 이루어졌습니다. 가끔 사람들이 다음 계획을 묻지만 제 그림 속 아이는 네 명밖에 없습니다. 이미 이루어진 겁니다. 하음이 하랑이 하율이 마지막 퍼즐 조각 하엘이까지 완벽하게 완성되었습니다.

아이들이 먹는 것만 봐도, 내가 안 먹어도 배부르다는 느낌을 이제 알 것 같습니다. 많은 남자들이 이렇게 표현합니다. "우리 가족만 생각하면 힘이 불끈 나서 밤도 새우고 열심히 일을 하게 된다"고. 저 개인적으로는 더 바랄 것이 없습니다. 행복이 지금 제게 선물로 있기 때문입니다.

가족은 일 년에 두 번 정도는 꼭 모였으면 좋겠습니다. 감사주일 정찬을 하는 거죠. 딸과 사위, 아들과 며느리 그리고 손자 손녀 모두 모여서 2, 3일 정도 함께 지내는 겁니다. 대식구겠죠! 가능하다면 성탄절에도 한 번 더 보고 싶습니다.

Sean

ⓒ 이재윤(아베끄마망)

'지금'은 영어로 'present'
'present'의 또 다른 의미는 '선물'


지금은 선물입니다.

사람이 사는 동안에
기뻐하며 선을 행하는 것보다
나은 것이 없는 줄을
내가 알았고
사람마다 먹고 마시는 것과
수고함으로 낙을 누리는 것이
하나님의 선물인 줄을
또한 알았도다.

_전도서 3장 13절


That everyone may eat and drink,
and find satisfaction in all his toil
this is the gift of God.

_Ecclesiastes 3:13

## 오늘 더 행복해
Greater Happiness Today

2014. 6. 30. 초판 발행   2018. 1. 25. 12쇄 발행   **지은이** 선·정혜영

**펴낸이** 정애주 국효숙 김기민 김의연 김준표 김진원 박세정 송승호 오민택 오형탁 윤진숙 임승철 임진아 정성혜 차길환 최선경 한미영 허은

**펴낸곳** 주식회사 홍성사   **등록번호** 제1-499호 1977. 8. 1.   **주소** (04084) 서울시 마포구 양화진4길 3   **전화** 02) 333-5161   **팩스** 02) 333-5165

**홈페이지** www.hsbooks.com   **이메일** hsbooks@hsbooks.com   **페이스북** facebook.com/hongsungsa   **양화진책방** 02) 333-5163

ⓒ 선·정혜영, 2014   •잘못된 책은 바꿔 드립니다.   •책값은 뒤표지에 있습니다.

**ISBN** 978-89-365-1031-2 (03810)

홍성사.